세상에 없는 노래를 위한 가사집

홍대욱 시집

세상에 없는 노래를 위한 가사집

달아실시선
57

달아실

일러두기

1. 본문에서 하단의 〉는 '단락 공백 기호'로 다음 쪽에서 한 연이 새로 시작한다는 표시임.
2. 보조 용언과 합성 명사의 띄어쓰기 등 본문의 맞춤법은 시인의 의도에 따른 것임.

시인의 말

새내기 시인이 되었을 때 마음먹었습니다.
권력이 되지 않겠다, 유희하지 않겠다,
혼자 누리지 않고 나누겠노라고 했습니다.
그리고 옳지 않은 것과 싸우겠노라,
끝까지 아름답겠노라고 했습니다.
끊임없이 스스로 거듭 되새기지만
아직 그 마음 그대로입니다.

2022년 8월 8일 부끄러운 생일에

홍대욱

차례

세상에 없는 노래를 위한 가사집

3부. 시로 쓴 자본

1부

어깨까지 드리운 머리칼의 소곡집

밤 열한 시의 엘비스

지도상의 초창기 미국은 해마같이 볼품없는 해안선의 나라였다
종횡으로 살을 찌운 지금의 모습도 유심히 들여다보면
요리하기 좋게 대가리와 다리를 잘라낸 닭고기 또는 말고기 모양이다
엘비스는 거기 건물 벽이나 전봇대에 등을 기대고 다리를 흔들던 프롤레타리아 운수 노동자였다지
그런 건 아무런 의미도 없어 밤 열한 시 흘러가는 시간 속 엉뚱하게 정지되고 이상하게 선명한 시점에
어찌 들으면 잔망스러운 옛 가수 폴 앵카가 아니라 목욕탕 울림 엘비스 목소리로 Put your head my shoulder 하고 들리는 게 픗픗 내 마음을 흔드니까
머리를 픗 한다는 게 자칫하면 기빙헤드같이 구강성교를 한다는 무지막지한 뜻으로 마음에 스밀 수도 있는 것이지만
켈트어든 굴절어든 혀가 꼬부라지든 말든 국악—난 국악이 싫다—보다 나를 울린다는 거지 문제는
달콤하고 잔인하게 흘러가는 시간 밤새 또 까칠한 수염이 자랐다

괜히 미국 얘기로 돌아가서 얼마나 보잘것없는 역사와 추억으로 사는 거냐, 미국인들 아름답고 가슴에 뜨거운 것 치미는 시절이라고 해봐야 고작 베트남 모라토리엄

그에 비하면 우리는 오래되고 깊은데 너무 오래되고 깊다 못해 문드러져 탈이지만 금세 오른쪽에서 왼쪽으로 지나는 분홍 영문자 티셔츠 탱탱한 젖가슴이 어느새 왼쪽에서 오른쪽으로 지나는 몸뻬 할머니 굽은 등이 되더니 좆같이 초창기 미국 지도같이 낡고 촌스러운 오케스트레이션에 가슴이 울리고 난리냐 밤 열한 시의 엘비스

하기야 우리가 어느 시대, 어느 장르와 맞아떨어지랴 우리 마음이 우는 거지 악보가 울고 원고지가 울고 양식과 장르가 울겠나 여기 누군가 울 뿐 엘비스는 울지 않는다

사람 밉고 세상 밉고 풍경도 미워져서 몸의 모든 구멍을 닫고 영혼의 모든 촉수를 거둘 때에도 남이 끓여준 라면이 맛있듯 인연 하나 없는 진공관이 심장에서 통곡하는 거야 밤 열한 시의 엘비스

1960년의 로커룸

나는 1960년대에 태어났지만 1960년대를 잘 모른다
그저 본능인 듯 이끌려 목욕탕 63번 로커를 열고는 벌거벗는다
재미있는 게 한때는 무엇에 홀린 것처럼 123번을 즐겨 찾았다
아주 잠깐 붙여졌던 수번이다
종로2가에 있던 콜라텍이기도 하지만
123번
네
무슨 책 봐?
그냥요
그냥 무슨 책
헤세요
하쎄. 아, 올리비아, 로미오와 줄리엣
○○○번 넌?
죄와 벌이요
진작 좀 보지 그랬어 임마
어느 도시든 버스는 빠르고 붐빈다
앉아서야 생각을 한다

가을 햇살이 앞자리 젊은 아기 엄마
머리칼에서 잠시 머물 때
1960년대가 반짝였다
포대기에 감싸여 내가 업혀 있다
좀약 냄새와 시세이도분 냄새 엄마 냄새
아버지가 있다는 육사 교수부 막사
-권력을 장악한 군부가 자신들의 성지조차 현대식으로 짓지 못하고 막사로 때웠던 1960년대 경제
그럼 당대의 부란 부는 어떤 놈들이 다 처먹었단 말인가
-막사를 찾아 버스는 달린다
반은 천막인 막사에
사랑하는 이는 보이지 않고
새하얗게 표백한 나부끼는 순백의 기저귀 깃발들
한 여자의 마음이 가라앉는다
목욕탕을 나와 로션을 바른다
여자처럼 화장을 할 때가 있었다
딱 마흔에 앓은 수두 자국을 감추기 위해서였다 작전 나가기 전 위장 크림 바르는 병사 포즈로 로션을 바르다 풋 웃음이 터졌다 군 미필자가 위장 포즈라니

오! 나를 버린 군인 아비의 은총, 병역 면제
사정을 감안해 실미훈련도 면제하오니 안심하고 생업에 종사하시기 바랍니다
1980년대식 국가 서비스였다
강제 징집의 시절에 나는 얼마나 행운아인가
어느 성자 가라사대
불운아도 행운아도 없다 무운아가 있을 뿐
진리다!
젊은 엄마 품에 안겨 너는 어디로 가니 이름 모르는 무운아야!
화농하는 마음! 막걸리가 마시고 싶다
사약 같은 커피를 앞에 놓고 나는 무얼 하고 있나

聖현수막

사지 묶여 거리에 걸린 수난자
깃발이었고 낯선 여행지의
뜨거운 포옹이었던
'대리운전 가격혁명 기본 6,000'
아내와 아이를 젖은 눈에 새긴
예수 수염의 사내가
만취한 시대를 대신해
종종 찾을 길 없는 정착지로
나를 데려다주겠다고 혁명적으로
마른 뺨 대보는 버스 창유리
회상의 거울이여
팔 하나가 잘려나가 찢어질 듯 나부끼는 옛사랑의 밤
깃발
나도 밤의 저 만장輓章들처럼
머리를 찧으며 미쳐가고 있다

聖골목

골목은 숲보다 아프다
아주 떠나는 사람 옷자락 나뭇잎에 스치는 소리로 멀어지지 않고
닳지 않는 마음의 길바닥 밤마다 찾아오는 구두굽 소리에 또각또각 밟힐 테니

빛살처럼 사방으로 퍼져나갔던 사람들 숨을 깔딱이는 임종 직전의 방범등 앞에서 작업복을 털며 돌아오는 길
산을 헤매던 삶이 집고양이가 되어 사람의 아기처럼 울어대는 신비한 저녁
밥물 가늠하는 손가락마다 앗긴 것들만 꼽히는 날이면 괜히 앙칼졌던 어머니도 이제 더 이상 밥 먹으라고 부르지 않는다
개구쟁이들은 어른이 되었고 노동자가 되었다
큰길 네온사인 십자가로부터 검은 성경을 겨드랑이에 끼고 걸어온 등 굽은 노인이 반지하 방으로 사라진다
키를 넘는 버거운 인생이 일각수 뿔처럼 솟은 그림자들 귀갓길을 거슬러 붉은 등을 향해 나서는 여자 싸구려 향수의 미풍

과자 봉지를 든 반가운 아버지에게 달려 나가다 깨진 가난한 무르팍들 멸종한 야경꾼들의 망령을 불러내 예배하는 골목은 운명보다 슬프다

짚검정비닐봉투

봄밤은 달콤하게 썩어갔지만
아시다시피
어젯밤에도 종말은 오지 않았다
지하상가 배기구들 날숨 헐떡이고
달리는 자동차 돌풍에
허공에 망명한
히잡 되어 나부낀다
그랜드오픈 할인매장에서
홀로 날아오른 풍선이 말했다
소유는 무겁고 비참해
김밥 순대 귤
고무냄새 나고
덜떨어지게 여전히 녹슨 못도 못 막는
얇은 밑창
만 원짜리 새 운동화 담았던
하루 벌어 하루 사는 노동자의
속 까만 비밀
꺼내놓지 못한 선물
뭇 개와 고양이 발톱에

내장을 드러내고
옛 전장 주검들처럼 널브러질 운명
언젠가
핏길 막아
뇌와 심장 망가뜨릴
사랑
미쳤다고도 하고
버림받았다고도 하는
자유여

아린

남미 어느 부족은 잘 때 두 손을 가슴 위에 포개지 않는다
입관할 때나 그렇게 하기 때문이다 언제부턴가 아린 무엇이 담처럼 가슴을 돌아다닌다 혈관에 바늘 하나가 돌아다니나
고행자의 불면은 고통 때문이 아니다 십중팔구 잃어버린 사람 마음속 지도에서도 지상의 지도에서도 찾을 길 없을 때 길 잃은 아이가 울 때 그들도 운다 신이 없다는 것, 평화의 결핍보다 더 아린
당신은 언제부터 혼자였는가 또는 둘 또는 여럿이었는가
떠나는 길이든 들아오는 길이든 신호등이라든가 건널목이라든가 차창을 빠르게 지나쳐가는 가로수의 수를 하릴없이 세어본 적이 있다면
그래서 살아 있는 눈이 멀쩡한 존재의 셈을 놓쳐버리고 아흔두 개라든가 백이십팔이라든가 하는 숫자가 영이 되어버리는 망각과 허무를 겪어보았다면 알리라 결국 둘도 여럿도 하나같이 아리다는 것을
도대체 알 수 없는 수수께끼 밤거리를 유유히 지나 산길로 접어드는
한 마리 개처럼 나는 이유 없는 세계의 의혹에 마침내

닿았다

아무래도 시니 삶이니 하는 것들은 선명한 신문 활자 위에 지렁이 글씨로 뇌까려지는 미스터리-

아련한 것들 때문에 아리고 아린

시리거나 아리거나 세수하고픈 아침도 끝장이 나고 하루에 열두 번 내 그리움이 싫증나도

천국의 길목에 우두커니 섰을 네가 아리다 슬픔마저 네 모습을 빼닮기 때문이다

흑설黑雪

나리타 공항의 잡역부는 대개 아이누 족 적어도 2002년까지는 그랬던 것 같다
그때 나는 마음속으로 그들을 검은 눈이라고 부르고 싶었다
족속들은 하나둘씩 사라졌다 검정에 가까운 족속 땅딸한 족속 바보같이 눈만 큰 족속은 세계사 저편으로

사라진 족속들이 눈처럼 나려서 온통 검어지는 꿈을 꾼다 세상을 하얗게 덮는다는 거짓 눈의 여왕이 납시기 전에 나는 아이누 아저씨처럼 짐만 나르는 맘씨 좋은 남자가 되기 싫어서 눈 내리는 골목에 이제는 구하기 힘든 생연탄을 집어던지는 테러를 준비한다

동쪽과 서쪽이 열애하던 시절에 더 길어지고 하얘진 일본 여인들
하지만 입술 안에 감추인 비뚤어진 앞니와는 다른 가지런하고 바보 같은 이를 드러내고 웃으며 하늘에서 떨어지는 검은 천사들을 향해 두 팔 벌리면 백야의 지옥이 걷히고 밤이 나릴까

그대 가슴속 고귀한 숯이란 숯은 죄다 내다팔고 희귀한 하양 초콜릿 사먹으려는가

위험한 권유

내 집은 언제나 막다른 골목에 있었고 먼 끝 시장 거리에서는 연기 섞인 바람이 불어왔다
밤이면 구겼다 펴서 훅, 하고 숨 불어넣은 낡은 봉투 속 같던 함석지붕 골목 위로 제멋대로 해어져 트인 조각하늘에 별이 흐르고
꿈마다 돌가루 연필이 얼굴도 모르는 주홍치마에게 쓴 편지를 찢으면
세상에 하나밖에 없는 유랑극단 무지개 눈화장으로 나를 꼬드길 한 사람을 기다렸다
그대, 가자 파랗게 멍든 기차를 타고
날선 데 없는 때 묻은 흰 셔츠를 입고 얼룩진 넥타이를 매고 취리히를 떠나는 레닌마냥
연인을 잃은 늙은 아나키스트가 팔목을 그은 적이 있다는 전설의 마을로

크라잉 크레인

별빛도 없는 날에는 타워크레인 불빛을 그대 삼습니다
강철 탑 아래 장난감 블록처럼 차곡차곡 올라가는 사람의 방들
유리 없는 어느 어둔 창 밉다가도 돌아보면 명치끝 뜨거워지는
그리운 그림자 어른거리고 바람이 불고 마음의 벼랑이 있습니다
일곱 개의 길잡이 별들은 오랜 멍처럼 흐려졌습니다
찾을 수 없는 별 대신 비행등 깜빡이며 무겁고 느리게 날아가는 밤의 여객기는 까마득하고
땅에 붙은 야트막한 지붕 밑 부지런한 식구들의 유령
밥 짓고 걸레질하는 소리 들리는 것만 같아
한밤중에 깨어 아직 잇지 못한 옛날 시詩가 부끄럽습니다
봄 앞에 미련 많은 찬바람이 라이터를 촛불마냥 자꾸만 꺼뜨려
불씨 감추는 손아귀 안이 싸구려 관 속같이 누추합니다
제가 붙박여 쇠붙이의 외로움을 타고 그대는 낮게 펼쳐진 부드러운 흙의 대지인 줄 생각했지만 그대는 높이높이

있었습니다

그대가 왕홀을 쥐고 있다는 게 아니에요 반짝이는 옷감 속으로 눈부신 살갗 보이는 보석이라는 말도 아니에요

그저 거기 그렇게 높을 뿐 체온도 없는 제 팔 거기까지 닿지 않아도 아름다운 것들 제 뿌리로 거두어 올려 드릴 게요 저의 키 작은 마음입니다

짙은 초록 노트의 약속

별이 총총한 밤

전자살충기에 다가선 모기처럼 타닥 붙어 죽고픈 새파란 밤하늘

땅에 떨어진 별은 없는지 헤매이는 발길 끝에

무지개 눈화장을 한 여신이 이끄는 대로 골목에 접어들었네

첫 번째 집 문을 두들겼지만 대답이 없고

캄캄한 방에 번개처럼 TV 불빛만 점멸하네

그 누구의 수태고지일까

나는 쪽지로 접은 종이별을 하나 떨구고 돌아섰다네

두 번째 집 문 앞에 둘이 고개를 꺾은 입맞춤

또 별 하나를 떨구고 단념했네 그이는 아니었다네

세 번째 집에서 우리 동네 늘 웃음 머금은 재활용품 정리 아저씨

알록달록한 플라스틱 병들을 들고 나오며

예쁜 것들을 왜 버리나 몰라, 누런 이를 드러내며 웃네

빨강을 하나 고르고 아저씨 손바닥 한가운데에 별을 하나 떨구곤 발을 떼었다네

네 번째 다섯 번째는

미국 군대가 머무는 데서 많이 볼 수 있는 SEX ○ SEX × 담벼락 스프레이

한 집엔 아가씨가 한 집엔 할머니가 사는 모양

눈을 치켜떴다 별을 떨구고는 발로 흙을 살짝 긁어다 덮었네 지뢰 묻듯

여섯 번째 일곱 번째는 사람이 안 사는 모양

정처 없이 구천을 떠도는 연애편지의 서리 내린 복수, 낙서만이 나를 반기네

'가을 자지는 철판을 뚫고 봄 보지는 무쇠를 녹인다'

슬펐네 그녀의 사랑을 잃고 죽을 만큼 퍼마시고 토하러 들어간 공사장에서 봤던 것과 똑같은 낙서였네

여덟 번째 집 문이 열리고 조금 전까지 동행하던 여신은 어디 가고 무지개 눈화장의 여신이 껌을 씹으며 나왔네

누구? 대답 안 하고 발치에 별을 떨구자 그녀가 말했네, 별꼴!

그이가 아니라서 다행이었네

주저앉아 짙은 초록 노트를 펼쳤네

십 년 만에 펴보는 그이의 언젯적 생일 선물

첫 장 맨 위에 무엇인가 쓰려다 말고 부욱 찢어 꼬깃꼬깃 별을 접었네

일어나 발길을 옮겼네

시장에서

살다가 쓸쓸한 풍경을 만나면 고백하세요 외로움이란 외로움은 모조리 내 원죄라고 새벽장터 시래깃국에 순갈 한 번 안 대본 부르주아마냥 첫사랑 주저하고 풋사랑 무찔러놓고선 혼자 웅크리고 앉아 편지를 찢고 사진을 태우는 모순된 속내의 정체가 바로 외로움

강짜로 결혼한 험악한 사내 침 발라 센 꼬깃한 지폐와 술에 취해 몇 번이고 떨군 망가진 꽃다발 받아든 아내의 희미한 미소로 갈라져 터지는 마른 입술보다 못한 투정이에요

깔깔한 밤의 담요를 뒤집어쓰고 해를 고대한 사막의 넋이 쨍쨍한 해에게 고통당하는 대낮 시장 같은 게 삶이지요 지열의 너울 너머 피안의 심연 끝까지 닿아 있는 우물이 있을까요 하지만 눈이 있다고 볼 수도 없고 발이 있다고 갈 수도 없어요

그러니까 파장의 시절 철시한 골목에서 쓸쓸한 사람을 만나거든 괜히 외롭다 하지 말고 그까짓 사랑이라 하지 말고 당신을 에누리해 모두 주세요 단지 마음의 치부책에 적어놓은 이름뿐이라면 옛사랑은 모두 버려요 당신 같은 그이를 위해 촉수와 혈관과 신경의 모든 터널들과 영혼의

모든 관管을 열어주세요

우리 몸을 샅샅이 해부한들 찾아볼 수 없고 임종의 시간이 되어서야 심장마다 흰 연기를 피워 올리며 단지 하늘로 빨려 올라갈 어눌한 연가를 왜 진작 해방하지 않았는지 후회하기 전에 어서 빨리 사랑한다고

프랑스양복점

— 서울, 응암동에서

누구든 파리보다는 서울에서 더 늙는다

손 한 번 못 잡고 눈꺼풀로 덮어둔 길들은 어느새 갈아엎어지고

그는 새 양복을 입고 재혼했고 그녀에게 기억은 몇 벌 남지 않았다

그래도 누구든 늙어가는 젊은이여 뺨이 파이고 선홍 입술이 검붉어진다고 슬퍼하지 말지니

어느 현자가 말했듯 우리는 행운아도 불운아도 아니고 무운아일 뿐

빵 부스러기로 수프의 마지막 흔적까지 닦아서 이 삶을 먹어치우고 옛 무늬 옷을 입고 후회하고 또 입맞추기를

편지의 여왕

괴시리서 시집온 고녀高女 출신 내 고향 고래불 어촌계장 외할머니

주재소를 피해 멀리 돌아온 모국어 낱말은 파도가 삼키게 부라케서 읽어주고

궂긴 일 그리운 마음 객지 사연은 토방서 읽어주다 함께 울고 말았다는데

조선말 한문 일본말 막힘없이 온 동네 편지 읽어주는 밤말의 어머니

식자와 무지렁이 영혼 모두를 울리는 참된 시詩의 시절

바다에 빠져 반 넋이 나가 돌아간 남편 잡아먹은 년 소리 귀와 가슴에 못 박혀

오십 년 오지 않는 어신魚信 기다리다 깜빡 잠 같은 이승에 진 편지의 여왕

늙은 화투에게

밤이 또 어둡다

어느 날 찾아와 마주앉아 토닥거리던 게임 같은 운명의 우산 쓴 이는 꽃과 풀과 해와 달의 어느 틈에 숨었나 사라져버렸나

낮닭 우는 이상한 시간 잊혀진 번지의 한 평 반을 앓으며 운수 떼는 밤의 여자가 찰랑한 물컵을 조심 나르던 사뿐한 시절 다 지나도록 누구 하나 가질 수 없었다면 이제는 당신 마흔여덟 페이지를 모아 가져야 할 때

그러나 당신은 예전에 우산 쓴 이를 잃었고 아무리 해도 짝이 맞지 않아 님 오시는지 알 수 없는 그녀의 뭇매를 맞고 헝클어진다

꽃으로 싸웠던 행복한 시절은 다시 오지 않으리니

유리가게 선인장

어릴 적에 외할아버지는 출장 나온 유리가게 아저씨에게 말씀하시곤 했다 아 정말 솜씨 좋으시네요

끝에 다이아몬드가 달렸다는 유리칼에 깨끗하게 잘려 나가는 유리의 절반 투명하고 반짝이는 반쪽의 세계가 베이면 피가 뚝뚝 떨어질 날을 누군가의 인생에 남긴 채 또 하나 세상의 창으로 태어난다

초겨울 오후 3시의 유리가게엔 그렇게 태어난 동강들과 흐린 간유리 동강과 왠지 착해빠져 보이는 선인장이 함께 산다

속살까지 찔리며 무언가 감싸다 생긴 흉터의 격세유전 가시 불운한 손가락을 벨 운명일지도 모를 유리의 날들 오 인생 잘못 살았다 무수히 날을 세우고 가시 돋쳤었노라

들꽃 짓밟힐까 봐 문방구에서 뽑은 플라스틱 캡을 덮었노라는 꼬마에게 감사 한마디 못 건네고 오늘이 저물게 해선 안 될 텐데

캘린더 걸

차창 밖 건너다보이는 볼보 트럭
운전석 손바닥 달력 벌거벗은 여성
수십 년 지난 어느 토요일의 처녀막
큼큼한 담뱃진 내음으로 남은 과거의 혁명
우리는 모던 무던한 생활을 설계했고
분홍 귀두처럼 반짝이는 욕망의 아이디어에 짜릿해했다
병원, 약국, 공장, 모텔, 병원, 약국—
달력 격자마다 채우는 우리의 시간들
반사광이 달력 여성의 얼굴을 지운다
망각의 은총
전깃줄에 맺혀 남은 그 많던 전선공의 생애 눈물방울들
어느 날 눈앞에 드리운 은색 거미줄처럼
생에 남은 마지막 한 가닥의 신비도 없이
저기 멀어지는 캘린더 걸 나의 욕망 나의 희망

거울과 심장

내 심장은 왼쪽에 있고 거울 속 내 심장도 왼쪽 나 아닌 너라도 마찬가지

그러나 마주서면 너의 심장 내 오른쪽에 있고 나의 심장 네 오른쪽에 있다

내 오른손 너의 왼쪽 심장을 짚고 네 오른손 나의 왼쪽 심장을 짚어 기쁜 이야기 하나 시작된다

네 오른손이 나의 오른손을 치우고 내 오른손이 너의 오른손을 치우면 슬픈 이야기 하나 막 내린다

그러니 나란히 먼 곳을 보자 내 왼손이 네 오른손을 네 왼손이 내 오른손을 잡는 기적은 일어나지 않아도 비로소 우리는 심장을 똑같이 왼쪽에 두게 된다 너는 나의 거울이다

흑심

삶, 검고 틈도 없는 머리칼 바다를 항해하며 씩씩한 고함을 밤 속에 녹이고 쓸쓸한 휘파람 부는 모병관처럼 숨은 영혼들을 불러모은다 수많은 햇빛과 달빛이 얼굴에 그림자를 드리우고 앗아간 늙은 선원도 수평선 너머가 전쟁인지 평화인지 모르는데 단 하나 등대를 만날 운명의 검은 마음을 먹지 않을 수 있을까

죽음, 한낮의 나침반은 너무 눈이 부셔 잠들 수 없었다 주머니 깊숙이 회중시계를 감춘 채 외면하는 너의 자비가 고맙지만 부디 내게 흰 국화가 잘 어울리는 검은 마음을 주지 않겠는가 붉은 마음이 칠흑 진창에 바짓단을 끌고 붉은 성기들은 수천 번 피고지고 열매와 이파리가 검붉어간다 죽음이야말로 검은 마음의 등대

겨울 네 이름은 조우 창을 열면 내다보이는 길 건너편서 침묵의 낙엽만 쓸다 내 안에 들어와서는 끝 닳은 싸리비만 던져두고 사라진 사람 네 잘못은 결코 아니야 우리가 아이의 목소리를 잃고 수염이 나고 첫 생리를 하자마자 세상은 벌써 영정들의 나라였고 한시라도 누군가 떠나지 않는 날은 없었지 바람은 사랑할 때만 고왔을 뿐 거친 샌드페이퍼가 되어 첫 입맞춘 얼굴을 갈아 뼈를 드러낸다

첫눈 네 이름은 해후 하지만 사랑하지 말자 네가 나리는 날 만나자던 어떤 약속도 기억나지 않는 것은 아름다운 섭

리 기약하지 말고 맹세하지 말자 거울을 깨보지도 누구의 심연에 탐침을 내렸다 절망해보지도 않았는데 맨살이 얼음을 얼마나 오래 견딜 수 있나 흰 눈의 왕국은 허위의 성 녹지 않은 적은 단 한 번도 없었다 새 사랑 나누는 침대 머리맡에 치워지지 않은 옛사랑의 액자처럼 혼자 슬프고 행복하면 행복하고 슬픈 거다 네가 왔다 사라져가는 풍경

밤을 항해하려면 검은 마음을 먹어야지 창백한 시와 하얀 마음을 찬양하는 노래를 고쳐야지 태양은 금빛을 굶어야 사막 여행자를 살린다 이교도는 위장보호색 없는 이교도를 폭격한다 낮은 낮을 폭격하지만 밤은 밤을 무찌르지 않는다 밤마다 피어라 이성애자와 동성애자와 양성애자와 트랜스젠더의 무지개 쓰리섬 하양에서 점차 짙어지는 검정으로도 무지개를 그릴 수 있으니

마음의 밤이 깊어갈수록 회항의 뱃길 멀어지고 백합의 바다가 있다며 당신을 버리고 떠난 연인이 차마 얼굴을 못 들고 새카매진 넋만 돌아와 몰래 곁에 눕는다 바람난 엄마의 후회와 종신서원이 세워지는 밤바다 그리워 쳐다보면 눈을 감기던 아리따운 옛날 담임선생님 눈감으면 떠올랐던 잔상의 별들 나는 죽어도 흑심을 품겠나니 미워지자 다져버린 흰 꽃을 다시 사랑하기 위해서라도

풍경을 사랑한 병사

어쩌다 잡힌 새벽 국군방송 씩씩한 군가와 소녀들의 연가 어젯밤 나는 풍경을 사랑한 옛날 병사의 이야기를 떠올리다가 잠이 들었지

잠에서 깨어 마을 사람들을 보니 모두들 병사 같다 가방 맨 꼬마 갓 화장한 여성 두 줄 바지주름이 마음에 걸리는지 자주 멈춰 다리 뻗은 맵시를 훑어보는 신사복 사내 아이스하키 선수의 것처럼 기다란 연장들이 삐져나온 낡은 스포츠 가방을 들고 집을 나서는 일용직 노동자 다들 병사 같다

옛날 한 옛날에 한 병사가 풍경을 사랑했단다 혹시 적진을 사랑했을까 아냐 병사는 적을 사랑할 수 없다 사랑해서도 안 된다 눈앞의 풍경 너머 앞 뒤 또는 옆, 어디에도 있고 또 없는 누군가를 무엇인가를 사랑한 것이겠지

겉으로만 본다면 병사는 풍경을 틀림없이 사랑했다 한 손으로는 총을 허리춤에 받쳐 들고 앞을 주시하면서 영하의 날씨에 차마 꺼내놓지는 못한 채 한 손을 팬티 속으로 넣어 자지를 만지작거린다 음화 한 장 없는 이 수음이 풍경을 사랑하는 게 아니라면 무엇일까 춥지 않은 시절엔 아예 풍경에다 사정한다 순찰 도는 만형 같은 장교가 초

소에 배인 유난한 밤꽃 냄새에 싱긋 웃으며 나무란다 작작 좀 쳐라 새꺄 비번일 때 화장실에서 느긋하게 하면 되지 여기 분위기가 그렇게 좋은 거야?

밤엔 칠흑 같아서 그렇지 DMZ의 풍경은 얼마나 아름다운가요 그래요 풍경을 사랑해요 수통 속이나 식스틴 손잡이 밑에 파인 홈에 불씨를 감추고 피우는 담배는 그 아름다움에 대한 두려움이자 절망이죠

풍경을 사랑한 그 병사 지뢰 제거 작업 나갔다가 폭사했단다 땅은 씨 뿌리고 구근 캐다 결국 사람도 돌아가는 자리인데 폭탄 심고 폭탄 캐내다 묻히다니 좀 슬프지 않니

고백

모두 잊는다 해도
기계 소리 때문에 들리질 않아요
공장 라인에서 그녀가 말한다 해도 사랑한다고 말하세요
허공이라도 기억합니다
기억했다가 어느 외롭고 쓸쓸한 날에
어디에선가 나무가 속삭여줄 거예요
오오! 사랑한다고

모조리 묻혀도
물소리 때문에 안 들려
변두리 여인숙 욕실에서 그녀가 말한다 해도
사랑한다고 말하세요
콘크리트 벽이라도 기억합니다
기억했다가 추운 겨울 웃풍에 싸늘히 식은
알루미늄 새시에 소스라쳤다가 오오! 따끈한 살갗에 안도하듯
어느 스산한 골목 삭풍이 뒷덜미를 서늘하게 할 때
웬일인지 온통 실내가 새카만 돼지갈빗집에서 새어나

온 훈풍처럼

귀에 따스한 입김이 되어 스밀 거예요

사랑한다고

분홍 알약

정지용 시인이
산다는 건 비극이라는 손님의 방문에
부질없이 당황하는 거라고 말했습니다
사춘기 시에 썼죠
"내 심장에 한 방울 유동액이 되라"
누구에게 한 말인지는
기억나지 않아요
그저 〈창밖의 여자〉 한 소절
"그대의 흰 손으로 나를 잠들게 하라" 비슷했습니다
세월은 흐르고 피도 몸속을 흐르고
엘리퀴스*라는 예쁜 이름의 알약을 삼킵니다
태풍의 아리따운 이름들처럼
아직 따스하게 흐르는 피를 가지고 무얼 할까요
의사는 낯선 이랑은 절대 하지 말랍니다 사랑을
심장이 터질 것 같아져서
슬픔 설움 고갱이가 핏길 막을까 봐
비극이 찾아와서 황망할까 봐
그럼 무얼 위해 살까요
피붙이가 아니어도 가슴 무너지고 무릎 꺾인 이, 공중

을 나는 새, 버려진 갓난아기를 다시 사랑하기 위해서가
아닐까요

* 항응고제

유리로 지은 노래

유리의 성*이란 노래가 있죠
목청껏 불러야 겨우 끝에 다다를 수 있는
노래
양철북의 꼬마 오스카처럼
세상을 깨뜨릴 수는 없었지만
살아왔고
꽤 많은 유리잔들이 반짝였고 버려졌고
깨어졌어요
반지하 이웃집 부부 갈라선
풍비박산 방 안에 나뒹굴던 벌거벗은 여인 닮은 컵
어때요 술맛이 좋겠죠 하고 건네던
둘 다 예뻤던 사람들
은평구 연서시장에서 시집와서 내 입술을 적셔주었던
손아귀에 쏙 들던 소주잔
어디서 깨어져 어디서 녹여져
사람이 비치기도
감추이기도 하는 창 또는 간유리로
태어날까요
다시 태어나기 위해 깨진다면

허공의 유리 성이란 결코 없겠지요

그저 산산이 깨어지는 것만이 아름답게 기억하는 법인지도 몰라요

* 김성면(케이투), 1999

딸과 그림책

아무리 작가가 되고
작가 할애비 무리에 든다 해도
불변하는 것이 있다
나의 강아지 딸아들이
내내 눈에 밟힌다는 것
내가 못나고 모가 난 아비라는 것
물론 애들이 잘못되기라도 한 건 아니다
나를 밟고 넘는 빛나는 청년으로 살고 있다
특별히 눈에 넣어도 안 아픈 딸 지윤이
내가 태어나 받은 가장 큰 선물이었던 딸
그러나 나는 네게 줄 시 한 줄 못 쓰고
고작 경조부박 자본주의의 짝퉁 천국
L월드의 너구리 인형을 준 기억만으로
우연히 네 이름을 쓴
애꿎은 그림책만 하염없이 들춰본다
멀리서 아빠를 알아보고
두 발에 모터를 단 것처럼 뛰어오던
어린 날의 너
너는 나의 기쁘고 슬픈 그림책이다
잘 지내렴 사랑한다

횡경막의 시

사람 사는 게 어쩌면 신비하고 어쩌면 하찮다
살기 위해 먹은 것이 식도를 거스르는 일도 있으니 말이다
그런 일은 살면서 심장이 리듬을 잃고 제멋대로 뛰는 병
감염병 시대에 노래하는 목이 아픈 병과 뒤죽박죽 찾아와서는
삶을 훼방한다
하지만 횡경막이 이 약해빠진 목숨을 살려준다
아프고 죽고 싶을 때 풍선처럼 숨을 쉬면 살 수 있다는 것이다
예부터 숨이 사람을 살리는 것은 진리다
예수님도 부처님도 아니 숨쉬진 못 하리라
횡경막의 사랑에 빚진 우리는 그래서 맞대어 끌어안는지도 모르고
간에 총을 맞으면 1시간 안에 죽는 것이 아니라
이미 사랑의 띠가 끊어져 죽는 것이다

보리 마음

술이 되어 갈급한 목울 축이는 것도 보리의 마음
굶주린 사람을 먹이는 것도 보리의 마음
그리하여 부처님 마음이 된 보리의 마음
우리 할머니 보리심 보리심 하시던
사람 속이 구리지 보리는 구리지 않아
보리 할 때 손등 맞는 건 쌀이 아니라서가 아니지
보리니까
부처님 마음이니까
보리

어깨까지 드리운 머리칼의 소곡

사람이 만약 나무라면 외로워 혀를 깨물거나 알코올 중독자가 되었을 것이다

나무는 모든 것의 정면에 있지만 우리에겐 절대 스스로 돌아볼 수 없는 등이 있다 그래서 사랑은 뒤에서 안아주는 것

나는 나를 사랑할 수 없다 나무는 등 돌리면 못 견디는 우리와는 다른 고독의 맹수

이제 알았네 식물이 우리처럼 징그러운 성기를 갖지 않은 이유와 우리 몸이 버섯과 장미 같은 자연의 은유에 복종하는 이유

내가 나무라면 내 가슴도 그 누구도 끌어안지 못하는 운명의 뼈를 바드득바드득 부러뜨렸을 것이다

아침의 이유

아침은 이유가 있다
그녀처럼 물 한가운데로 성큼 걸어 들어가거나*
가스 오븐에 머리를 집어넣거나**
퍼시 비시 셸리 얍삽한 새끼
바람 피웠다만 왜 죽고 지랄이야,
그야말로 골치가 썩어서***
아침을 다음 생으로 미룬 이들이 있으니
그래서 티오가 생긴 아침이
우리 몫이 된 것이다
그들이 우리의 삶을 위해
희생했다고는 말할 수 없겠지만
적어도 불현듯한 영혼의 허기를 달래는 우유 한 모금 빵 한 조각을 선사한다
아침은 이유가 있다

* 버지니아 울프
** 실비아 플라스
*** 메리 셸리. 그는 자결하지 않고 뇌종양으로 사망했다.

파멸

파, 보렴
가위로 싹둑싹둑 잘라
펄펄 끓는 물에 넣어
내 살을 삼아서 미안해
멸치, 보렴
통째로 전생애를 아드득바드득 씹어 삼켜서
내 뼈로 삼아 미안해
평화를 위해 내 고기를 저며주고프지만
주저앉아서 미안하다

일용할 양식

한 번 먹기용 국 포장을 뜯으며
나 그리고 당신의 인생도 생각해요
식고 때로는 얼어 있기도 해요
눈곱만큼도 속마음은 다치기 싫다는 듯
지랄같이 칭칭 동여매진 테이프와 덕지덕지 치장한 중뿔난 스티커를 뜯어내고 욕 한 마디 머금으며
먹기 위해 살기 위해
바다나 땅 아니고 공장서 태어난
쇠고기미역국 한 마리를 잡는 거예요
사람은 탓해 무엇하겠어요
손으로 지어 따끈하게 담아내는 국이란 전태일의 소신공양
그리고 적어도 1980년 이후에는 없답니다*
우리의 한 끼는 위대하고 느껍지만
때로는 꽁꽁 묶였거나 차거워요
오늘도 욕 한 마디 머금고
또다시 사랑하고자
냉장고 문을 열고 인생을 뒤져보는 것입니다

* 그룹 이글스의 〈호텔 캘리포니아〉 가사에 나오는 기괴 미스터리 호텔에서 와인을 찾자 얼굴 없는 호텔리어가 "1969년 이래 그런 건 없답니다"라고 말한다. 이것이 베트남전쟁과 미국 자본주의의 우화인지는 분명하지 않다.

고고학자의 하루

빨래방에서 누군가의 불행한 섬유 조각을 발견하다 왠지 찢어발긴 것 같다

호피 문신 같은 걸 한 사내와 길 건너 공사장 잡부들이 신호를 주고받다 자신들이 쌓은 고인돌 또는 돌탑이 제대로 되었는지 확인하는 것 같다 편안한 내 이부자리 빨래를 하는 내가 갑자기 부끄럽다

도시락 사러간 편의점에서 택배 조끼를 입은 여성과 마주쳤다 그녀가 간이탁자 위에 남긴 조개껍데기*를 주워서 조사했다 밥을 고작 이걸로 먹었나 뭐가 급했던 걸까 킬러 에이프**라도 만난 것인지 모른다

현관 앞에서 나라미***를 발견하다 벌써 날짜가 이렇게 되었나 고고考古에 빠져 도끼 자루 썩는 줄을 모르누나

노트의 검정 표지 위로 하얀 두피 각질 하나가 추억과 회상의 비늘처럼 떨어지다

핀셋과 수저를 한 손에 잡다가 핀셋 끝에 손가락을 찔리다 솟은 피를 쪽 빨아먹고 수저를 고쳐 쥐다 드디어 점심을 먹다

* 미니셸 초콜릿 포장지

** 포식자가 들끓는 초원을 피해 나무 위에 둥지를 트고 나무 위에서 동료를 돌로 내리쳐 골을 빼먹던 원시 인류 프로토 호미니드

*** 기초수급자용 정부미의 시쳇말

금요일의 도시락

오늘은 무슨 마음도시락 싸셨나요
쓰리고 주린 채 집 떠났다면
자기 마음에서라도 따끈한 국물 길어
스스로 위로하기를.
꿈 반찬이라도 가득 담았다면
쓰리고 주린 채 헤매는 이를 위해
숟가락 하나 꼭 더 놓기를.

2부

세상에 없는 노래를 위한 가사집

세상에 없는 랩 1
— 나, 시인이 되어

이건 my first 난생처음 랩 나는 홍군이지만 래퍼가 아냐 그냥 알량한 시가 노래가 되길 열망하지 돈 don't go 명성 don' go Yeah happy 피플

흐린 월요일 새벽 내 시를 세상에 타전하는 걸 도울 시인들을 만나러 집을 나섰네

아내의 도시락 반찬은 볶음김치 입가심거리는 충주 사과를 싸주고는 옮게 깔린 눈을 밟으며 애플

아주 잠깐 부산에서 올라온 사이먼 도미닉 처지를 생각했네 심플

실은 제멋대로 자유롭게 한국을 망치고 있는 자한당 연놈들 뉴스 땜 빡친 맘

기억나니 in 1997 KID란 애들 오! 난리야란 노래 라임오 말세야 오 말세야 씨플

once upon a time 울 군바리 아부지 엄마 사랑이 시작된 성지일까 내 연옥의 입구일까 인사동 초입 커피집에 앉았네 서울시인협회는 걸맞은 곳에 있구나 이젠 새치 아니라 내 흰머리의 위안이 되려나 Darling I'm growing old silver threads among the black

이제 인사동의 위안은 골동품가게도 아니고 조계사도

아니구나 분신한 택시노동자 외마디 플래카드가 보이네
반대 카풀
  기억나니 in 1997 KID란 애들 오! 난리야란 노래 라임
오 말세야 오 말세야 카풀

세상에 없는 랩 2
— feat. 김광석

이건 my second 랩 나는 홍군이지만 래퍼가 아냐 그냥 알랑한 시가 노래가 되길 열망하지 돈 don't go 명성 don' go Yeah happy 피플

기억나니 in 1997 KID란 애들 오! 난리야란 노래 라임 오 말세야 오 말세야 씨플

버림받았다는 느낌이 들면 게다가 보일러마저 고장 났다면 때 묻은 이불을 뒤집어쓰고 라디오를 켜 묵은 곰팡이나 먼지도 그 안에서 털어 콜록콜록 죽어가면 돼 안 켜지면 부숴버려 사랑이 불온했는지 눅눅했는지 누추했는지 해명되도록 쇠락 망명한 욕망이 가위눌리는 소용돌이 속으로 스스로를 끄집어 가도록 내버려둬 갑갑해도 흐느끼진 마 알잖아 아무리 울어서 얼굴이 부었어도 스스로를 저버리며 저무는 자아는 손거울마저 외면할 테고 슬픔이 아무리 거대해도 먹구름도 뚫어내는 햇발 정부군한테는 끝내 못 이기는 걸

기억나니 in 1997 KID란 애들 오! 난리야란 노래 라임 오 말세야 오 말세야 씨플

그것이 마치 풀린 불행이 아파오는 고통의 법칙 가래 끓는 꿈이 새날 하루를 사냥하는 날 저녁에도 갈아 끼운

지 얼마 안 되는 형광등의 돌연한 점멸에 외톨이 마음마
저 잊는 것이 삶의 치료이니 버려진 집 담벼락에 방치된
자동차도 한때는 살아 움직였지만 이제는 아무도 찾지
않을 테니 자비심을 발휘해 훔치거나 불질러버려 어렵게
바다에 다다른 삶이 어항 속처럼 답답해져 꺼내논 심장처
럼 모락모락 활활

기억나니 in 1997 KID란 애들 오! 난리야란 노래 라임
오 말세야 오 말세야 씨플

세상에 없는 랩 3
— 붉으락 푸르락

이건 my 3rd 랩 나는 홍군이지만 래퍼가 아냐 그냥 알량한 시가 노래가 되길 열망하지 돈 don't go 명성 don' go Yeah happy 피플

기억나니 in 1997 KID란 애들 오! 난리야란 노래 라임 오 말세야 오 말세야 씨플

하루는 커피향 오렌지향으로 시작할 수도 있고 터미널 공중화장실 락스 냄새로 시작할 수도 있는 것 아니겠어 혁명가 트로츠키는 커피향보다 정치신문 잉크 냄새를 좋아했다지 start start 오늘도 자칭한국당 바랜미래당 씨발놈의 새끼들은 네 탓 남 탓

기억나니 in 1997 KID란 애들 오! 난리야란 노래 라임 오 말세야 오 말세야 씨플

노무현 그를 보내던 날 가투 나가는 심정으로 서울역까지 걸었지 쥐박이가 죽인 거야 대통령님 사랑합니다 사람들이 울며 절며 난 앳된 전경들 보며 오늘은 건들지 마라 꽃병을 안기는 수가 있다 괜히 이를 악물고

기억나니 in 1997 KID란 애들 오! 난리야란 노래 라임 오 말세야 오 말세야 씨플

똑같은 라임을 반복하니 스스로 짜증도 나지만 삶은

희다 붉다 온통 희고 붉은 노래 세상은 자본과 구라로 편집된 짝퉁 천국 지옥 맛대가리 없는 짬뽕 공화국

기억나니 in 1997 KID란 애들 오! 난리야란 노래 라임 오 말세야 오 말세야 개뿔

세상에 없는 랩 4
— 8월의 빛*

내 이름은 홍군 8월은 my birth 양력 생일이 낀 달 in 1963 주민등록번호라는 알쏭달쏭한 숫자 중에 투철한 반공 교육을 받은 어릴 적에 기억하기 좋으라고 팔일팔 도끼 만행의 날이라고 떠벌이고 다녔지

나는 홍군이지만 래퍼가 아냐 그냥 알량한 시가 노래가 되길 열망하지 돈 don't go 명성 don' go Yeah happy 피플 광석이 형 말마따나 노래는 나의 힘 my forth

기억나니 in 1997 KID란 애들 오! 난리야란 노래 라임 오 말세야 오 말세야 씨플

난 달라진 게 없스 나의 라임은 이 모양 이 꼴 똑같은 라임을 반복하니 스스로 짜증도 나지만 세상은 자본과 구라로 편집된 짝퉁 천국 for us

in 1976 판문점에서 시야 확보를 위해 미루나무를 베네 마네 시비가 벌어져 미군 덩치와 완력에 밀린 인민군 병사들이 홧김에 연장 찾아 들고 휘둘러 미군 둘이 사망했지 이후 내내 이 날은 내 양력 생일이라기보다는 도끼 만행의 날 결국 미군은 공중엔 전폭기 후방엔 전차포와 자주포, 미사일 부대의 엄호 아래 문제의 나무를 베어버렸지 나무 한 그루 베려고 동원한 화력과 병력치고는 기록적이었어 미국의 힘이란 다른 건 없고 바로 이런 것 You

USA forth

본래 집에서 지내는 생일은 이름하여 쌍팔절 그런데 동사무소에 열흘 늦게 출생 신고를 해 팔일팔이 되었지 그래 만행의 날이다 악동 또는 시인이 태어나 세상에 대고 험구를 일삼는 만행의 기원 기억나니 in 1997 KID란 애들 오! 난리야란 노래 라임 오 말세야 오 말세야 씨플

원래는 birth고 forth고 자시고 서정시를 쓰려 했어 그런데 파일명 서정시가 아니라 파일명 갱스터랩이 되고 말았어

정말이야 나희덕 누이 안치환 형 귀뚜라미처럼 아름다운 절창을 하고 싶었다고 믿어줘 Yeah happy 피플 팔일팔이 오네 마네

기억나니 in 1997 KID란 애들 오! 난리야란 노래 라임 오 말세야 오 말세야 씨플

* 포크너의 장편소설 제목에서 따온 것이다. 미국 남부의 인종차별 문제를 정면으로 다룬 이 소설은 을유문화사의 세계문학전집 세로쓰기 구판에 포함되어 있었는데 약 10년 동안 서가에서 책등의 제목만 영혼에 깜빡거리다가 가까운 5년의 한때가 돼서야 읽게 되었다. 그리고 이제야 나의 시제, 라임이 되었다.

세상에 없는 랩 5
— 드림 폴리스

낡은 나무 계단 삐걱대는 건물 2층에서 내다본 바깥에는 점퍼와 청바지 차림의 사내들 1개 소대 병력이 와 있었지 일제히 담배를 피우면서 오오 대낮의 푸른 안개 밤에 그것은 불길한 별빛들이었지 칠흑의 밤엔 말이다 조폭 영화 조연쯤 되었으면 이렇게 대사 쳤겠지 흐미 전쟁이라도 할랑가 먼 짭새가 한 트럭 와부렀어야

평화는 전쟁 속에서

안식은 격동 속에서

희극은 비극 속에도

가장 먼저 올라와 문을 벌컥 연 1번 형사는 손 권총을 좌중에 겨누며 꼼짝 말라고 했지

출판사 대표, 영업부장, 말단인 나(경리직 여성 노동자는 차마 그렇게 못하고)의 바지를 발목께까지 내리고 두 손을 뒤로 묶어 끌고 나갔다 차에 태우자마자 검은 안대로 눈을 가렸다

그래 희극은 비극 속에도

미소는 고통 속에도

박종철 열사의 목숨을 앗을 때와 똑같은 욕조와 붉은 방음벽 앞에서 나는 절망했다 나는 무력했다 그들이 고문을 하진 않았다 나는 카를 마르크스와 키스했다 밤샘 취조가 이어진 다음날 낮 나는 엎드려 잠시 잠이 들었다 깨

보니 카를 마르크스의 얼굴이 내 얼굴을 강타했다 서프라이즈! 와우 서프라이즈!(이건 내 넋두리다) 신학생 후배가 독일 트리어 여행 갔다 와서 선물한 카를 마르크스의 동판화 초상을 내 얼굴에 바짝 들이대놓고 깨운 다음 주먹을 내리꽂았다 영광? 수치? 모르겠다 그냥 꿀꿀했다 한동안 뜸하다가 새삼스레 꿈에 나타난다

식은땀과 눈물 이 대목에서 내게 필요하다 한 앰플의 랩과 한 조각의 라임 I need 1(one)앰플-

난 완강한 이성애자 카를 마르크스 할애비든 아무리 그의 노래를 사랑한들 프레디 머큐리와 입맞추길 원하지 않지 씨플-

기억나니 in 1997 KID란 애들 오! 난리야란 노래 라임 오 말세야 오 말세야 1(one)앰플-

어젯밤엔 금서 한 권 때문에 전전긍긍 쫓기다 체포되었다 유치장의 회칠한 벽을 보며 아이고 울 엄마 놀라 쓰러지시면 어쩌나 난 한 번 행복해보지도 못하고 그람시처럼 한 세월을 갇혀 살아야 하나 이거 꿈이지 트라우마인 거지, 하면서도 눈물이 흘렀다

기억나니 in 1997 KID란 애들 오! 난리야란 노래 라임 오 말세야 오 말세야 씨플-

행복했던 시절

어느 장사 잘된 날 다음 일요일에 점원 엄마는 가게 주인 외할아버지에게 용돈을 타서 창경원에 데려가 주셨네

그네 만드는 철공소 앞에서 학교나 공원에나 세우는 커다란 빨강 그네를 사달라고 떼쓴 나를 달래는 약속이었네

회전목마는 돌고 여기저기 놓친 오색 풍선들 김밥도 있고 환타도 있고 나는 행복하였네

세계일주 비행기도 있었네 나는 엄마한테 파리 가는 것 타고 싶다고 졸랐지만 번데기 장수 회전 추첨판같이 돌다 천천히 앞에 선 비행기는 하와이행

그런데 한눈에도 높으신 검은 선글라스 아저씨 나비넥타이 곱게 맨 아들 앞자리에 안 태웠다고 탈것 도우미 열다섯 앳된 형아 뺨을 때렸다네

한눈에도 그 형아는 가난했다네 새카맣게 튼 손 물들인 군복에 싸인 땟국 흐르는 얇은 목 위 입술을 타고 낮은 코에서 피가 흘러내렸네

엄마랑 탄 하와이행 비행기 날아올랐네 손 흔드는 사람들 풍선과 솜사탕들 모든 것이 저 아래 작아졌네 나는 행복하였네

하지만 뺨 맞고 고개 숙인 그 형아 코피 훔치는 튼 손이

자꾸 생각났다네

이리하여 어느 화창하고 근사한 날 초콜릿 동심童心에서 좌익이 돋아났다네

부엌의 노래

나는 약사예요 면허는 꽤 오래되었어요 약사전에는 무엇이 있는지 모르지만 내 마음속에는, 어쩌면 더 오래되었는지도 모르는, 20년 넘게 밀봉되어 있는 이상한 앰플이 하나 있어요 병원 냄새는 나지 않아요 다리 벌리고 누웠던 기억만 있지요 그런 기억이 냄새를 만들지도 모르는 일이지만 통증이란 언제나 과거의 유산이죠 통증이란 황홀한 기억의 되새김 아, 난 그에게 반했어요 그는 말이죠 한여름 시골 폐교로 간 교회 수련회에서 나를 잡아먹었어요 하지만 내가 자기 뜻대로 소화된 줄 알았다면 그것은 착각 그는 십 원짜리 알약을 부숴 그 조각 하나하나를 천 원씩에 팔아서라도 나를 행복하게 해주겠다고 했고 나는 뿌리째 그에게 먹혔어요 행복했답니다

그는 잡지를 모았어요 그것도 처녀 잡지만 모았어요 처녀 잡지란 무엇인가요 창간호 말이에요 그는 건실했고 그 모든 앰플 속의 앙금 같은 암갈색 불안 저편에서 반짝이는 선홍빛 귀두처럼 오똑한 약속을 지켰고 나를 사랑했어요, 그래요 그건 사랑이었어요 하지만 뱀에 물려보았나요? 주사에 찔리는 것과는 비슷하고도 달라요, 저릿하게, 아릿하게 소품 같은 전생이 스치다가는 프라이팬의 마가

린처럼 삶이 녹아나는 거죠 슬픔의 레시피

나는 한 달 동안 새색시 색동 한복을 입고 부엌에서 나를 요리하고 나를 양념해서 그에게 칠첩반상을 올렸어요 사랑했으니까

어느 날 그는 밥상을 엎었어요 무엇인가 짜거나 매웠을까요 아니면 내가 미웠을까요 아니면 딴 년이 더 맛있었을까요

오! 날아오르네요 나의 뼈 멸치조림 나의 피 김칫국, 나를 졸인 고기산적까지 공중으로 그때 약 먹고 콱 죽어버렸어야 하는 건데

저 앰플은 그 시절부터 골동품 약장에 들어 있던 것 저 앰플이 그때의 나를 기억하는 게 너무 싫어 저걸 마셔버릴까 봐요 소독약 냄새가 날까요 황홀의 피안 또는 지옥이 있을까요 없을 거예요

나는 오래된 약사예요 나는 밥 지을 줄 몰라요 그래서 이 미움을 넣어 찌개를 끓이면 그가 죽을지도 몰라요 그래서 나는 밥을 짓지 않아요

핀

숲속의 송전탑이 밉지만 가엾듯
서리태처럼 검어도 속은 푸르고
손가락셈도 할 수 없으리만치 머나먼 어느 10월로부터 온 그대
남자의 소년은 죽지만 여자는 머리칼에 안테나 실핀 하나 지니고 옛 소녀 풋사랑의 교신 실마리를 남겨놓는 감전의 동물
머리칼 한 움큼은 사랑의 고고학
달콤한 밤도 쓰라린 새벽도 믿을 수 없지만
사랑은 죽지 않고 땅에 묻혀 울창한 파뿌리 되리니
멀어지는지 다가오는지 알 수 없는 밤 골목 사람의 윤곽
만나 부딪지 말라는 항공등인지 사랑하라는 등대인지
모를 빛은 점이 되고 점은 사라지고
그토록 짧았던 영화는 끝난다 FIN

안갯밤의 고해

밤새 안녕하셨군요
마음에서 누가 죽었든
마음 밭에 무슨 씨앗 심었는지
속으로 울기라도 했는지
말간 아침은 아무 말도 하지 않았으니까
하필 안개
괜스레 부신기행 페이지를 눌러 펴서
꾸역꾸역 몇 번씩 읽던 밤
자동차들은 녹슬어가고
빵집 주인 남자도 늙어갔고요
오르막의 사내
공원에 쪼그린 여중생
손끝마다 담뱃불이
반딧불이 같던 안개의 밤에
어제같이 옛날같이 되새겨 낸 후회의 열매를 훔쳐 먹고
빨개진 입술을 말없이 닦으며
미등도 끈 채
내 마음 또한 지옥에 내버려두었답니다

서머타임

남은 생애를 이름 없는 새벽 골목 흐려져가는 알전구와 바꿀 수 있을까 고독 연민 따위 야나기 무네요시柳宗悅가 식민지 조선에서 찾아냈다는 아름다운 슬픔 같은 것들은 어느 날 아침 변기 물에 내려버리고 초라한 귀갓길 구석에 꽂혀 깔딱이며 연명하는 태양의 사생아로 한 점 낭만도 없이 미쳐서 가없고 그리운 이 하나 없이 살아갈 수 있을까

공사장 철재가 캉캉 부려지는 소리에 잠을 깨 새벽 공기 속으로 새파란 담배연기가 선녀처럼 퍼져나갔다. 오늘도 수많은 낱말들이 인쇄되고 판결과 결혼식과 장례식이 끝나겠지

어느 날은 무서운 얼굴이었던 그대 별빛 드문 밤 그대 울퉁불퉁하고 지름 어마어마한 몸으로 천천히 자전하며 날마다 창가를 떠도는 행성이라면 돌다 돌다 그 얼굴 단 한 번 언제 보여줄 것인지

몇 번의 꿈만에야 백짓장 얼굴에 눈, 코, 입이 하나둘 갖추어졌지만 하룻밤 지나면 잇새에서 바숴지는 한입 젤리같이 사라지던 그리운 이목구비 추상적일 때 행복하고 구체적일 때 처참한

긴 해를 중절하러 행성의 그림자가 온다. 손톱 부러뜨린 계산원, 늦게 돌아온 깡마른 집배원, 더 먼 별들 따주마던 청춘의 성좌에서 떨어져 쓰레기더미를 뒤지는 노인도 손을 씻고 두 뺨을 쓸어내리는 시간 왜 그대 혼자서만이 하루를 마감해주고 오늘의 죄를 사해주지 않는 것인지 사랑하는 그대 밤도 오기 전에 커튼을 닫고 눈을 감아야겠네

오렌지빛 옥탑

계절은 흘러가네 살면서 가장 속곪았던 날처럼 어김없이 그대 다리 사이에서도 순순히 피가 흐르고 우리 동네 누추한 오렌지빛 옥탑 층층 아래 갈라진 틈에는 맛있는 과육의 샘이 흐르네

틀림없이 당신은 그 안에서 앓고 있다고 어림잡는 나보다 똑똑한 어느 첩보위성이 소문 없이 앓아누운 고독하고 허리 지끈거리는 한 평 반의 이 생리를 알까 가슴 미어지도록 꽃폈던 인연의 하혈 받아 마시는 거룩하고 뼈아픈 聖포르노그래피

불 끄고 모로 누워 가만히 어깨를 스스로 안아본다 야위었으면 야윈 대로 살지면 살진 대로 지상의 어미와 아비 내가 무엇 하나 잘해준 것 없는 누군가 사라진 가슴 빈자리를 더듬어본다

신경마다 관절마다 쥐나는 여명과 컵라면 찌꺼기처럼 입술에 달겨붙는 당돌한 얼굴들과 애써 부인하거나 일부러 부연하기 위해 나는 오렌지빛 옥탑에서 불온한 황혼까지 점점 색 바래질 동네 한 바퀴 순례를 떠나네

삼천리 금수 같은 강간 시옷과 쌍시옷의 거리, 간판들의 왕국 그래도 우리 동네 옥탑 닮은 미용실로 머리칼 자

르러 간다

의자를 뒤로 젖히고 수건을 눈에 덮는다 나를 먹거나 처형하거나 너를 믿노니 밤엔 가계부나 사랑받은 만큼 사랑한다는 대차대조표 행복의 숫자를 발음하지 말고 소꿉 같은 욕망 철부지 연애의 같잖게 싱거운 눈물 같은 마지못한 쇳소리로 세상 다 미워도 그나마 너 하나 사랑한다 발음해주지 않겠니

나의 순례는 머나먼 사막, 넓은 바다를 에두르지 않고 뒤가 닳은 나의 구두를 살리러 간 수선점에서 끝났다 시옷에서 갈라지는 욕설과 고백 쌍시옷 사이에서 우리를 경멸해마지않는 십자가 그림자를 지나 돌아오는 길 옥탑

앓았다는 이야기 나았다는 소식은 오로지 홈통 타고 내려오는 오렌지즙처럼 목젖에 달라붙다 물 샐 틈으로 겨우 빠져나오는 사레들린 설음舌音 아니면 설움

고독과 테러 사이에서 평화는 늙고 전쟁은 젊어지는데 드물게 회한 흘러내리는 너의 오렌지빛 옥탑은 고요하다

벽 속의 칼날

하얀 벽 속에
칼 심어놓은 도배공
주택임대차계약 2년마다
뉘 삶의 배경 뜯겨나간 자리
새로 덧대어진 객지 풍경 위에
칼날 조각 하나 분질러놓았다
살면서 가끔은 불행해도
벽이 나를 벨 일은 없겠지
그는 내게 칼이 아니라
시 한 편 남긴 거야
살갗 뚫고 들어와
혈관을 돌아다니다
어느 날 심장에 꽂히는
과거의 바늘이야 있을 테지만
찬바람에 짧은 꿈을 꾸었네
반듯하게 생을 짜맞추어가는
타일공 같은 꿈
그러나 삶
흩어지려 애쓸 뿐 깃들이지 않네

벽 속에 반짝이는 칼날
누군가 베지 말고
내 안의 미움
도려내라는 마음속 별빛

헌드레드 밀리언 마일즈

잡초 덤불 바람에 뒹구는
남루한 인디언 텐트 듬성한 황야를 넘어
해와 달, 불과 바람, 늑대, 전갈 따위 이름을 딴 인디언 이름의
평원과 골짜기들을 지나
지나온 생애와 고작 짧은 여생을 이어서 드리우는
나는야 전선공
조지, 스미스, 헨리, 아니 그저 갑남을녀
나는야 극동의 반半 섬나라에 와서
일본인의 뒤를 이어 강산과
구불구불 고개와 시내를 넘어 전봇대를 세우고
전깃줄을 드리웠다네
죄다 돈으로 쳐주길 바라진 않았다*
나는 지나온 생애와 고작 남은 여생을 이었을 뿐이라네
아내와 딸 애니 로리, 애너벨 리를 위하여
은발이 되어 열차를 타고 지나가는 흘러가는 나의 생애
손과 가슴의 못은 사랑 굳은살
저승꽃 핀 머나먼 동쪽 半섬나라 사람들 희끗한 귀밑머리에

서툰 벤조 소리 들려주고픈 나는야 전선공

* 파쇼 일본이 이 땅에 가설한 전기는 식민지 수탈과 대륙 침략을 위한 것이었다. 미군정은 해방 직후 남한의 전기 시설 건설의 시혜를 베풀었지만 훗날 전봇대 하나 값까지 모두 셈해서 챙겨 갔다.

충주 시편 1
— 탄금호 물마루

우는 거나
잔물결 물마루 반짝이는 거나
슬픈 거나
아름다운 거나
요양원 실습 나온 스무 살이
문가에 멍하니 서 있는 노인이
시골집 할매 같아서
한눈팔다
한겨울 어항에 그만 찬물을 붓고는
알록달록 물고기들이
다 죽어 떠오르고 만
인생 막간의 비가
또는 잔혹 동화
눈물 그렁하거나
물마루에 어른거리는 세월이나

충주 시편 2
— 전투기

김수영 시인이 헬리콥터여 너는 설운 동물이다, 라고 했을 때
그건 단지 모더니스트의 감성만은 아니었을 것이다
기계도 사람처럼 천사 또는 악마가 아니지만
사람이 악마이길 마음먹으면 악마가 되고
슬프기를 마음먹으면 슬픈 것이겠다
탄금호 위를 나는 전투기여
그저 두루미처럼 유유하고 사뿐할 뿐 어느 마을 어느 나라도 불바다로 만드는 괴조가 되지는 말기를 바란다
그저 동심에 멋있기만 하기를
죽음의 백조라는 미군기와는 상종하지 말기를
놈은 백조도 까마귀도 모욕하는 악마의 도구 악의 축이다

원주 시편 1
— 국수와 북소리

원주 남부시장 골목 안 수선집 아주머니
어릴 적 엄마의 브라더미싱이 생각나서
저것이 북이냐고 묻자
북은 안에 들어 있다고
미싱 안에서 실을 자아낸다고
자상하게 아들을 깨우치듯 일러준다
국숫집 노인은
기계도 나와 함께 늙어간다고
저 면발이 끊기는 날 기계도 나도 멈추겠지
눈물짓는다
일하는 사람의 아들을 먹여 기른 심장
뼈아프고 피어린 목숨의 엔진이
저 미싱 속 북이라는 이름으로
깃들어 있다는 것이다
솔직히 말하면 미싱을 보고서도
전태일 열사와 평화시상을 삼시 잊었다
그렇다 책으로만 지은 성은 허물어지기 일쑤다
그러나
아주머니의 미싱 속에 든 실 잣는 북이

지금은, 아직은 숨죽인 북소리로 쿵쾅거린다
국수 뽑는 할아버지 말씀처럼 기계가 멈추어도
우리를 먹여 살리는 면발은 줄줄이 끊임없다

원주 시편 2
— 1만의 종

왠지 사랑을 할 것만 같은 곳이 있다
야트막한 지붕 밑에서 부비는 살갗이
괜히 행복할 것만 같은 곳이 있다
예전 한 번도 내려본 적 없는 곳
아기 때 활짝 열려 있던 우리 정수리가 점점 닫혀
진홍의 커튼 드리운 영혼의 창
부러진 마음의 안테나
우린 너무 오래 말이 없었다
이삭 줍는 아낙들 그림 같은 곳인 줄 알았지만
그래서 목적지에 좀 늦더라도
이번 생에 한 번은 내려보아야 할
역이었지만
만종
손수건 펄럭이며
눈물 그렁거리며 반길 이 없어도
언젠가 1만의 작은 종들 일제히 울리며
맞으리니
그대 죽지 말아라 살아 있으라

2월

전나무 숲에서 나는 열등하고 불행한 짐승이었다
세월이 잊은 종소리
미친 소녀
참을 수 없는 수음에도 아무것도 열리지 않는 나무
다람쥐만 아는 수목장

바람이 문을 열자
닫혔던 책이 열리고
사랑해서 두려운 생의
납 활자 마침표의 쇠구슬 물음표의 낫과 갈고리
다락에서 쏟아져 헝클어진다

바람이 문을 닫으면
별끝 비수 하나가
그 옛날 흐지부지 상처에 박힌다

강변의 목마

자라서 사랑하고 아이도 낳았나요 내게 앉았던 꼬마 당신 말이에요

처음엔 울었죠 아빠한테 동전이 없었거든요 그리고 웃었어요 나를 가졌으니까

알아요? 몰랐겠죠 플러그 빠져 있었던 거

동전도 전기도 아니고 당신 위해 나를 걷어찬 술 취한 노인도 아니고 좋아서 나 스스로 움직였어요

이제 내가 불편한가요 당신 몸이 커져서는 아니에요 저 큰길 따라 멀리멀리 가서 까맣게 나를 잊었으니까

혼잔가요 그래서 돌아왔군요 나무라진 않아요 잔물결이 헤아릴 수 없이 흘러갔어요 기억나요? 안 나겠죠

눈이 젖은 단 한 꼬마였던 당신이 둘이 되어 눈이 젖은 또 한 꼬마를 내게 앉혔던 거

동전을 두 개나 주고 플러그도 꽂혀 있었지만 싫어서 나 스스로 고장 나버렸어요

물끄러미 나를 보면서도 강 건너 뒤안길 생각하는 당신 나를 잊은 게 분명하네요

하지만 눈이 젖은 건 변함이 없네요 미안해요 그 옛날 내 안장이 너무 딱딱했어요

어서 와요 내 마음은 고장 안 났어요 동전 없어요?

옷장 문을 열며

세상에서 돌아와 여는 옷장
깜빡 잊은 내 속을 들여다보는 것이다
요사한 香들 이겨내는 사람 냄새다
어른 되어 웃자란 부끄러운 마음 숨긴 일기장을 감춘 곳
黃芝雨 가죽부대처럼 슬픈 피륙이
어깨만 남은 뼈에 걸린 유령의 숲
티끌만 한 양말 구멍이 신자마자 총구멍만큼 벌어진다
내 마음에서 죽은 너의 선물이었다
상처가 열리고 눈물이 흐른다

빗물술집

빗물 너희도 사람의 것이었구나 따뜻한 살을 못 잊는구나 못 눈물 콧물 타액과 피가 뿌리에서 진화한 아니 뿌리에서 변절한 내 육체의 말단 발바닥 구두 틈으로 젖어 든다 배수구 폭포 앞에서 내 발걸음 붙들고 매달린다 빗물의 노제—분향하기 위해 새 담배를 사고. 차출에서 잠시 놓여난 서부경찰서 앳된 의경 붉은 입술 밖으로 우유 방울 새어 나온다 네 안의 야수와 내 안의 야수는 모두 하얀 젖을 먹고 자랐다 헤지 못할 혼잣말들이 아우성치다 끊겨 닫히는 전화들의 귀무덤 희뿌연 주점 비 하나를 못 견뎌 불쌍한 것들, 초라한 것들, 혼자 죽어가는 것들만 젖는다면 젖은 종이처럼 찢어지는 거라면 나는 귀퉁이 무너진 우산을 접고 앉아 술잔을 들지 않을 것이다 간직하기 위해 간직해 충만해지고 드디어 담배 물린 두꺼비마냥 내파內破되어 진액을 흘리며 뿌리에서 변절한 아니 뿌리로 진화하기 위한 그대 육체의 말단 마른 양말 속으로 흘러들어간다

바람의 군대

생에 단 한 번 나의 군대를 가져보았다
휘몰아치는 바람과 낙엽의 군대
그리고 전멸했다
비로소 눈 뜬 햇살에
패잔한 영혼이 한없이 부끄러워
추운 그늘에 숨어버렸다
짧은 가을과 함께 달빛요정역전만루홈런은 스러졌고
다람쥐와 멧돼지를 위해서
사람이 도토리를 주워서는 안 되며
또 혼자 사는 가난한 이에게는 도토리가 아니라 기본소득을 주어야 한다는 유훈을 남겼다
생에 단 한 번 군대를 가져보았지만 아무도 무찌르지 못하고 땅 한 뼘도 정복하지 못했다
전우들은 전멸해 쓰레기봉투에 담겨 치워졌다

바다와 필름통
— 영덕에서

품안의 자식 물고기들에게는
유영의 자유와 전진의 빠른 지느러미를 주시고
역마살 거북에겐 네 다리를 주는 대신 한없이 느린 걸음을 게들에겐 짧은 다리 대신 옆으로 걷는 걸음을 주셨지
4천만 살 잡숫는 동안 지느러미도 없고 다리도 둘밖에 없지만 도무지 붙들 수 없는 역마살 사람이라는 자식 낳으셨지
어느 날 아기 때처럼 반 벌거숭이로 엄마 보러온
억조창생 자식들 해변에 가득한데 유독 보이지 않아 가슴에 못이 되는 딸자식 하나 있었던 거야
모래에 남긴 이름 큰소매로 눈물 훔치듯 지워버리고 바다 사내와 살림이라도 차릴 듯한 미련의 모래성 모질게 허물며 위악으로 꾸짖어 등 떠밀어 보낸 자식
어머니는 어느 날 집 앞 모래 한 줌 담은 필름통 하나 부치셨지
눈물처럼 짠 바닷물 일부러 담지 않으신 엄마 마음의 알갱이들 되레 적실까 못 견디게 보고 싶을 때만 조심조심 열어보는 필름통

내륙이나 도시 어느 막다른 골목에서

그 바다가 그 바다 그놈이 그놈이고 그년이 그년인 거친 마음 일렁일 때마다

가없는 하늘에 앗긴 풍선 끊어진 실을 땀으로 쥐듯 지키는 착한 마음이야

흑인

당신을 먹기 위해
소주로 위를 씻고 비웠는지도 모른다
당신에게 먹히기 위해
타고나지 않은 바기나를 만들어 왔는지도
사르트르의 흑인 오르페
아메리카의 병사이기도 한 당신
이태원에서 취중에 만난 당신이
바지 지퍼 안의 그것을 꺼내 나를 조롱했을 때
나도 한국식 영어로 한마디 했지
와우! 유아 롱- 아임 숏 벗 스트롱-
당신이 이마를 손가락으로 쓰윽 긋는 게 무슨 뜻인지 몰랐지만
당신 친구가 버드와이저 병을 깨뜨렸고 나는 가로수 버팀목을 뽑아 쳤지만
끄떡없는 당신이 무서워 도망쳤다
어느 훗날 맛있게 생긴 당신을 보았다
당신의 위풍당당한 롱이
백인들 돈과 경찰봉과 총에 움츠러드는 것
많이 보았기 때문만은 아니다

지하철 5호선 노란 우리 사이에 끼여 앉아
머리 벗겨진 우산 장수 엉덩방아에 흰 이를 드러내고
당신이 웃었을 때 보았다
어릴 적 김장 날
커다란 양푼으로 쏟아지던 하얀 깍두기 무를 보았다
그래서 먹고 싶다 먹히고 싶다
진짜 먹고 먹히는 것은 함께 산다는 것이다
김장 날처럼 맛있게 평화롭게

까르보나라

그녀와 헤어지던 날
청주에서 가장 맛있다는 떡볶이집 협탁에 마주앉아
지금이 아니라도 언젠가는 떠날 거였어요
서로의 눈에 비친 물기를 눈치 채고는
너무 매웠던 것 같아, 하면서
쓰리고 아린 입술과 마음을 달래려 비를 피해 뛰어들어간
이탈리아식 밥집
에서 먹었던 까르보나라는
무슨 양주라고 폼 잡고 입술 축였지만 진토닉이
실은 철의 여인인지 구사대 깡패인지 하는 마거릿 쌔처가
권력의 대를 이어 짓눌렀던 영국 탄광노동자들의 피눈물 배인
한잔집 술인 것처럼
이름에 '카본'이라는 어근이 들어 있듯
역시 유럽 탄광노동자들이 갓 삶은 면을 우유 달걀 소스로 코팅해 먹던
프롤레타리아의 끼니였지
결국 언더락 잔 대용의 칠성사이다 컵으로 죽을 만큼 퍼마신 참이슬 레드 라벨 클래식과 천국의 마약 김밥과

함께 하수도로 흘러내려 간 그때 그 사랑의 시간

월급 떼어먹히고 속상해서 마시고 속이 뒤집어진 그녀 입술 사이로 겔포스를 조심스레 짜 넣다가 입가로 샌다는 핑계로 훔치고 만 그 입술에 파인 그늘* 같은 까르보나라

* 신동엽의 시극 「그 입술에 파인 그늘」.

바다나무

숲에서 파도 소리가 들려요
바다가 찾아와
나무에 앉아 머리칼 나부끼나 봐요
뭐가 무서워 눈을 감나요
바다를 보낸 건 바로 나
물끄러미 서 있다 천천히 돌아보며 걷다
빠르게 뛰어가 버린 바다
기차처럼 해변으로 간 사랑
따끈한 우유 삶은 달걀 하나 건네지 않았던
차가운 열차 표면에 손 한 번 짚지 않았던
나를 용서하러 왔나요
사랑
너로 들어가는 험한 길
나로 돌아오는 험한 길

문에 단 인형

무거운 육체를 헝겊과 가느다란 실로 요약해
핀으로 걸어놓은 검은 문은 누가 시인한 생애일까
지친 대낮이 기어 들어와
옷과 지폐 신분증과 흉터를 가지런히 벗어놓고 자살한다
어서 와 이 밤과 어둠을 시인하고 돌아와 주어 기뻐
수줍은 밤이 용기를 내어 말했다
천국으로 가는 나룻배는 꿈마다 날아도 바다를 못 건넜고 남은 시절을 못 견딜 것만 같아 동그마니 무너지고픈 숨죽은 이불 한 채로 남는 거야
강철 같은 사지와 성난 눈으로* 돌아오지 않아 다행이야

* 랭보의 시 「지옥에서 보낸 한철」.

피아골 주홍 교회당

산안개 내리는 피아골 주홍 감빛 교회당
적도 나도
심장 가까운 호주머니에 하나씩은 간직했다 꺼내보던
인간의 꿈 사랑의 연분홍
모조리 무너져 내린 자리
오미자 우러나듯 벌개진 섬진강 물 흘러가
주홍으로 바랜 피
구례 가스나그 먹빛 눈동자에
섞이는 피아골 주홍 교회당

외팔 인형사의 편지

누구나 한 손으로 편지를 씁니다. 여전히 두 손으로 포옹할 줄 아는 사람도 오래전 팔 하나를 잃은 사람도. 그렇다고 다른 한 손이 가만히 있는 건 아닙니다. 한쪽 팔이 없을지라도 늘 사라진 뜨거웠던 것들을 빈 손아귀에 붙들고 있거나 그 수많은 후회의 턱을 괴곤 합니다.

지난밤을 씻어낸 자리엔 눈이 내려 빈 종이가 되었습니다. 새카만 거미가 고물고물 지나갑니다. 밤의 얼굴을 세수하는 다섯 손가락은 참 고단했습니다.

나 대신 춤추고 노래했기에 눈곱을 떼어주고 꿈길 험할까 봐 매무새를 손다림질로 펴주고는 나란히 누이곤 했던 인형의 줄을 하루아침 광기로 싹둑싹둑 잘라내고 나서야 알았습니다.

인형사로 살아왔지만 실은 인형이었고 나의 인형사 또한 내 사지의 줄을 끊었다는 것을. 거미처럼 가느다란 외줄 하나 못 삼는 때 묻은 미물의 얼굴 한 번 쓰다듬어줄 손이란 손은 모조리 잃어버린 것입니다.

가난한 여자의 이사

마음의 상여 나가네
다시는 돌아오지 않을

이 길에 비가 내리면 난
네가 깨끗하게 비질해놓고 간
빈 방 밟는 흙발 되겠지

옆집 나는
한겨울 아랫목 이불 밑에 숨는
지저분한 손처럼 행복했네

못다 사랑한 고문拷問
앙갚음하는 눈부신 햇살도
가려지고
달랑 5만 원짜리
짐차 떠나네

오랜만이다 온몸에 꽂히는
탄환 같은 비
기다렸다 인생이 이렇게 세차게
내 뺨을 때려주길

3부

시로 쓴 자본

서시

산다는 것은 죽는 것이고 죽는다는 것은 사는 것이다
내가 처음으로 카를 마르크스 당신에게 입맞추었을 때
당신은 사자 굴의 다니엘 같았다 치우천황이나 처용 같기도
나는 1987년 장안동 대공수사단 붉은 방에 갇혔다
공포와 혼몽 속에서 문득 깨어났을 때 당신이 눈앞에서 내 얼굴에 부딛으며 별을 선사했다
그건 카를 당신이 태어난 트리어를 여행한 신학생 후배가 선물한 동판화였다
수사관들은 나더러 아침마다 조회하며 절을 하지 않았느냐면서 나를 때렸다
지쳐 고꾸라진 나를 흔들어 깨우며 당신 초상을 바짝 들이대며 서프라이즈, 주먹질을 했다
당신 책을 갖다 판 죄로 연대 앞 알서점 성대 앞 풀무질서점 주인들이 치도곤을 당했다
다른 방에서 비명과 절규가 들려왔다 조금 슬프지만 헛웃음이 나온다
카를, 당신도 껄껄 실소하는 듯하다
알서점이라니 나도 헤르만 헤세의 '알'인 줄로만 알았

지만 놈들은 그게 아니라 리볼루션의 R이라는 거다
이석기 전 의원의 'RO'처럼 말이다
불운한 언어 창제의 천재들 문학은 너희 같은 자들이 해야 하는데
그렇다, 그들도 우리도 자본도
제 갈 길을 가라, 남이야 뭐라든(Segui il tuo corso, e lascia dir le genti)!*

* 『자본』 1판 서문, 1867년 7월 25일. 『신곡』 연옥편 제5가.

1. 나의 친구 엥겔스의 편지

나는 나의 시대와 관계가 없다, 나는 카를 당신과 관계가 없다고 외치는 그대에게 말하노니

인간에 관한 것이라면 모두 나와 관계가 있다((Nihil humani a me alienum puto)*

나의 절친 엥겔스는 역시 나의 절친인 시인 하이네가 아프다고 내게 편지했다

하이네가 급속히 시들어가고 있다고 말이다

그가 거의 몇 걸음도 걸을 수 없고 벽에 기댄 채 안락의자에서 침대로

그리고 그 반대 방향으로 발을 질질 끌며 다닌다고

그리고 소음과 망치 소리가 친구를 미치게 만들고 있다**고

친애하는 엥겔스가 전한 하이네의 소식처럼

나는 그대 한반도 남부 공동체의 사람들, 한국 사회의 안부를 묻노니

한국 사회에서도 인간의 감정 중 가장 맹렬하고 저열하며 추악한 감정인

사리사욕이라는 복수의 여신이 과학에게 복수하는 광경이 펼쳐진다

나는 느낀다 사회란 딱딱한 고체가 아니라 끊임없이 출렁이는 유기체라는 사실을

나도 그대도 심지어 우리 계급의 적도 그걸 안다

그런 움직임과 변화는 왕의 진홍 망토로도 종교의 검정 법의로도 감출 수 없다

그대들은 살아 있는 것뿐만 아니라 죽은 것에게도 고통을 당하고 있다

죽은 것이 살아 있는 사람을 괴롭히고 있다

페르세우스는 괴물을 추격하기 위해 도깨비감투를 써야 했지만

그대는 괴물의 존재 자체를 부인하기 위해

도깨비감투를 눈과 귀밑까지 눌러쓰고 있다***

나의 시대에 영국 국교회가 39개의 신조 중 38개를 침해당할지언정

수입의 39분의 1이 줄어드는 것을 용서하지 않은 것처럼

오늘 한국 사회의 세속권력과 종교권력 또한 마찬가지가 아닌가

나는 자본가와 재벌처럼 그들도 결코 장밋빛으로 그리

지 못하겠다

그러나 청년이여 자기 자신과 타인을 사랑하라 사랑을 저버리진 말라

사랑, 그렇다! 나나 엥겔스 같은 사람에 대한 사랑, 생리적 신진대사로서 사랑이나

프롤레타리아트에 대한 사랑이 아니라 진정 소중한 사람에 대한 사랑은

여자를 다시 여자로 남자를 다시 남자로 요컨대 사람을 다시 사람으로 만들리니****

* Homo sum humani nil a me alienum puto(나는 사람이다. 사람의 그 어떤 것도 나와 무관한 것은 없다고 나는 생각한다). ―테렌티우스(Publius Terenz Afer). 마르크스가 가장 좋아한 금언.

** 엥겔스가 마르크스에게, 1848년 1월 14일(Marx Engels Werke band 27, S.110)

*** 마르크스, 『자본』 1판 서문(비봉출판사 김수행 한국어판 6~7쪽)

**** 아내 제니에게, 마르크스의 편지 1865년 6월 21일

2. 천千 일의 장사꾼

아랍 여인 셰에라자드는 술탄에게 천 일 동안 이야기를 들려준다. 그것이 천일야화다.

천년왕국이라도 되는 양 불패의 기상을 과시하는 자본주의

그러나 말 그대로 그것은 역사적 자본주의

처음과 끝이 있다는 것

오늘은 셰에라자드의 이야기를 들어보자.

백서른두 번째 밤의 이야기

어느 기독교도 상인은 자기 상품으로 한 푼도 손해 보지 않을 방법이 있다는

거간꾼들과 경매인들의 말에 어떻게 해야 하느냐고 물었다.

상품은 소매상들에게!

남는 시간은 산책이나 즐기라!

어느 날 어느 상점에서 그는 잘 꾸미고 아름답게 차려입은 여인을 우연히 만났다.

여인은 필요한 옷감을 신용거래를 하기를 원했지만 상인은 거절했다.

다음날 더욱 매혹적인 차림으로 여인은 옷감 대금을 가

져와 치렀다.

상인은 기회다 싶어서 사모하는 마음을 고백했다.

그러자 여인은 싸늘하게 자리를 피하는 것이었다.

망연자실 돌아서는 상인을 여인의 몸종이 잡아끌었다.

여인이 집으로 초대했다는 것이었다.

몸이 단 상인은 여인의 집에 갔고 기쁘고 고마운 마음에

금화 쉰 개를 여인 몰래 두고 왔다.

여인의 초대는 거듭되었고 상인은 그때마다 금화를 두고 왔다.

이런 생활은 소매상들이 물건을 다 팔아

더 이상 수금할 돈이 없어질 때까지 이어졌다.

상인은 결국 무일푼에 더 이상 돈 나올 데가 없는 신세가 되고 말았다.

노동력을 팔아 돈을 받는 사람이

자본주의의 믿음직할 뿐더러 매혹적인 초대에 응해

마침내 노동력이라는 상품뿐만 아니라

믿음과 열정 같은 정념마저 쏟아붓지만

결국 거의 모든 것을 앗기고 노동력을 재생산할 힘까지 소진하고 만다.

노동자가 노예는 아니다.

노동자는 다른 상품처럼 팔리는 것이 아니라 스스로 노동력을 판매한다.

그러나 노동자는 노예다 왜냐하면 노동과정이나 생산물에 대한

통제력을 전혀 마음대로 하지 못하므로

노동력을 팔지 않을 자유가 있긴 하지만 그것은 제한된 자유

그 대안이란 굶주림 또는 부랑자 취급

바로 생산수단이 없는 신세여서 임금 노예인 것

이는 자기 비하가 아니다 얼음처럼 차겁고 명징한 현실일 뿐

■ 참고문헌: Ben Fine, 『Marx's Captal』(1975). 앙투안 갈랑, 임호경 옮김, 『천일야화』 1, 열린책들, 2014

3. 흡혈귀의 탄생

공산주의라는 유령이 배회하기 꽤 오래전에

유령들과 괴물들이 태어났노니

당대의 아름다운 남성과 여성들이 잉태한 존재들이었다

퍼시 비시 셸리와 메리 셸리 부부, 바이런, 폴리도리는

모여서 피가름은 하지 않았지만 모닥불 피워 놓고 마주 앉아서

'공포 생산 동맹'을 만들고 손을 포갰다

그들의 영혼은 프랑켄슈타인, 뱀파이어를 낳았다

메리 셸리, 불우하고 가난한 프롤레타리아의 넋이 바늘이 되고

가난과 그 모욕이 실이 되어 괴물을 기워냈다

뱀파이어를 낳은 폴리도리가 말했다

우리가 만든 괴물에게 먹히지는 말아야 해요

이 시인들이 괴물을 만들고 키우고 있을 때

런던에서는 카를 마르크스가 부르주아 경제학의 자본, 토지, 노동의 삼위일체라는 망령의 정체를 밝히고자 매일 새벽 네 시까지 잠 못 들고 사로잡혀 가위눌리고 있었다

요술에 걸려 왜곡되고 전도된 세상에서는 자본 선생과

토지 부인이 사회적 인물로, 동시에 직접적으로 단순한 사물로 그들의 도깨비걸음을 걷고 다닌다*

누구 못잖은 술꾼에 기숙사 담치기 꾼에다 못 말리는 시인 기질의 이 사내를 잠 못 들게 한 것은 시대의 어둠에 붕鵬처럼 거대한 날개를 펼쳐 어둠을 짙게 한 자본주의와 경제공황과 인민의 고통이었다 그는 되뇌었다

자본은 흡혈귀처럼 오직 살아 있는 노동을 빨아먹어야 살 수 있으며, 더 많은 노동을 빨아먹을수록 더 오래 사는 죽은 노동이다

괴물과 흡혈귀는 시인들이 만든 게 아니었던 것이다

공포 생산 동맹이 만든 것보다 더 강력한 흡혈귀

'기워진' 괴물이었지만 불가사의한 내적인 힘으로 '스스로를 기우는' 괴물로 거듭나는 자본주의!

그리고 한편에서는 끝없는 연민을 자아내는 또 하나의 불행한 괴물이

자신의 조각난 몸을 잇고 여기저기에 흩어져 맥없이 한숨을 쉬는 영혼들을 이어붙이고 있다 프롤레타리아트!

프롤레타리아트의 가슴에 지식과 철학이 스밀 때 그들은 스스로 몸을 기우고, 일어나 걸으리라

사유의 번개가 인민의 이 천진난만한 대지를 정면으로 때리면, 독일인들의 인간 존재로의 해방이 일어날 것이다

이 해방의 머리는 철학이며, 그 가슴은 프롤레타리아트

아무도 진흙으로 우리를 다시 빚어주지 않는다

아무도 우리의 티끌에 혼을 불어넣어 주지 않는다

그러나 온전히 자신의 것이 된 언어와 지식으로 스스로 꽃을 피우리니

'그 누구도 아닌 이의 장미'로 돌아가리라

자신을 빚어놓고 팽개친 존재를 위해 하루, 1년, 평생을 강탈당하고 있다는 사실을 알아차리리라

자신을 빚은 자가 동시에 빚어낸 검은 관

공장과 기계에게 조금씩 생명을 내주며 비참하게 시들어가는 오늘을 기억하리라

* 마르크스, 『자본』 3권

■ 참고문헌: 로만 로스돌스키, 양희석 옮김, 『마르크스의 자본론의 형성 1』, 백의, 2003

4. 전태일!

우리는 자본에 사로잡히지 않기 위해 노력하며
이 험난한 세상에서 죽지 않고 살아남아
오늘도 무사히 집으로 돌아가기 위해 애쓴다*네
1960~1966년 사이 서울의 임금 노동자는 210만 명으로 늘었다
다시 1970년까지는 340만 명이 되었다
바로 전태일이 노동자, 노동운동가로서 살아간 시간이다**
업주들은 경기만 제대로 타면 미싱을 한두 해 만에 서른 대까지 늘릴 수 있었지만
시다들은 자기 청춘과 소망, 건강과 생명을
그날그날 갉아먹으며 살 수밖에 없는 피팔이 인생
'평화시장 여공은 시집가도 3년밖에 못 써먹는다'
어린 여성들의 삶을 불과 몇 년 사이에 수십 년치씩 착취해서 자본을 쌓는다
젊은 남녀의 정액을 고갈시키고 애액마저 틀어막는 착취
마지막 진액까지 뽑힌 몸은 공장 밖으로 내쳐진다
본래는 자신에게 속했던 노동을 자본 속에 잉여가치로서 적치한 몸은 쓰레기,

현실이 쓰다 버린 깨진 쪽박이 되어*** 버려진다
자본주의가 발전하면 할수록 실질 임금은 점차 저하된다는
마르크스가 틀렸다고 하는 자들이 있다
허나 마르크스는 실업 상태에 있거나 만성적으로 불완전 취업 상태에 있는
산업예비군을 골똘히 생각하면서
물질적 생활수단과 인간의 지위와 직업에 대한 긍지의 상실,
정신적 타락과 무지 등을 그들의 운명 속에 포함시켰다****
그리하여 자본주의적 생산의 본질적 법칙이
노동자계급에 미치는 파괴력을 약화시키고 타파하는 노동조합을 찬양했다
마르크스의 피어린 공부와 말씀이 전태일에게 화육化肉된
이 비극과 처절한 노동운동사의 은총!
가난한 자는 은수저를 입에 물고 태어날 만한 선견지명이 없고

사회의 가장 더럽고 열등한 직능을 수행하는 사람이 항상 있다는 것은 자연법칙이라고?

이로 말미암아 인류 행복의 총량은 매우 증대되며

더 점잖은 사람들은 고역에서 해방되어 더 고상한 직업에 종사할 수가 있다*****고?

생존경쟁이라는 없어도 될 악마***를 분해해야 한다

오, 나의 또 다른 나들이여***

사랑하는 누이들이여, 그 누구도 부스러기가 되어서는 안 돼 쓰레기가 되어 버려져서는 안 돼 그래서 나는 나를 불사르려네

* 전성원(황해문화 편집장) 인터뷰, 김유진, 〈경향신문〉 2018년 2월 8일자(웹)

** 구해근, 『한국노동계급의 형성』, 창비, 2002

*** 전태일의 일기 중에서

**** 모리스 돕, 『Capitalism: Yesterday and Today』

***** 『자본』(비봉출판사, 김수행 번역본) 1권 제25장 883쪽에서 마르크스가 인용한 당대 타우젠드 목사의 책

5. 황금 거리의 동화

철도노동자 금봉이
금봉이네는 참으로 가난했다
금봉이가 태어난 해 1898년
물론 옛날 가난이나 요즘 가난이나 나랏님도 구제 못 하는
구제 안 하는 것이지만
한 왕조의 황혼을 뒷그림으로 서 있는
여윈 아이의 모습을 떠올리지 않을 수 없다
금봉이는 보통학교만 마치고 스무 살 때 벌써 서울역에서
석탄을 퍼 나르는 화부火夫가 되었다
그래서 열심히 일해 집도 장만하고 짝을 만나 아들딸 낳고 잘 살았느냐고?
아니 아니 일본 경찰에 잡혀가서 고문당하고 서대문형무소에서 죽고 말았다
파쇼 일본, 빈곤, 자본과 싸우는 파이터가 되었기 때문에
금봉이는 황금동(을지로)이라는 데서 노동공제회를 만들었다
파쇼 일본이 무척 싫어한 노농총동맹 결성에 힘을 보탰다
조선공산당의 당원이 되었다

금봉이는 신문 배달을 했다
신문배달총동맹을 만들었다
요즘으로 보면 이름이 좀 우습지만
아! 철저하게 자신의 삶터를 딛고 서서
치열하게 살고 싸워나가는 순혈의 프롤레타리아트
삼일운동이 일어난 지도 어언 1백 년이 되었다
민족 대표 33인 운운하지만 노동자들도 분명한 삼일운동의 주역 중 하나였다
금봉이는 수백 명의 노동자 시위대와 함께
서울역에서 노동대회를 열고 싸웠다
차금봉.
노동운동사는 이 사건을 최초의 철도노동자 파업으로 기록한다
해마다 삼일절, 광복절이면
여기저기서 끔찍한 그림들을 본다
코에 고춧가루 탄 물을 들이붓고
손톱 밑을 대바늘로 찌르는 장면
가난한 것도 금봉이 죄가 아니고
나라가 망한 것도 금봉이 잘못이 아닌데

왜 그렇게 훗날에도 여러 사람 마음을 끔찍하고
아프게 만드는 모습으로 삶을 마쳐야 했는지
차금봉.

가난하게 태어나 끔찍하게 죽은 사람 얘기가 무슨 동화냐고?

모든 사랑하는 사람들을 위해 싸운 이야기는 아름다운 동화다!

금봉이는 걸음도 제대로 걷지 못할 만큼 고문을 당했다

"질문: 조선공산당 책임비서로서 무엇을 했나?
답변: 공산당 사건에 대해서는 어떤 행동도 하지 않았다.
질문: 그렇다면 너는 책임비서로서 어떤 행동을 하려고 했는가?
답변: 어떤 방침이나 계획도 없었다.
질문: 공산당의 선언이나 강령을 아는가?
답변: 모른다."

금봉이, 사랑이 지나쳐서 죽었을까
공산당선언도 읽어보지 않았던 금봉이

보통학교밖에 안 나왔지만 사람들이 내가 말하면 좋아했다고 하는 무산계급의 아들

차금봉.

마르크스의 당대인 1870년에도 실질 임금은 정체되지 않고 상승했다

무엇보다 노동자 조직의 역량이 증가했고

생산성 향상에 따른 상대적 잉여가치가 늘어났기 때문이다

그리고 또 하나의 중요한 비밀!

영국의 경우 양차 세계대전 사이 식민지 반식민지와 교역조건을 개선하면서

곧 착취와 수탈을 강화하면서

다량의 농산물을 값싸게 들여올 수 있었기 때문이다

금봉이는 일제하 그런 착취 수탈의 한가운데 있었다

차금봉.

우리는 속지 말고 잊지 말아야 한다

금봉이 때나 지금이나

노동의 상대적인 몫의 증가를

강력하게 억제하는 메커니즘이 자본주의 내에 작동한

다는 것을

임금이 잉여가치를 잠식하는 데는 엄연히 상한선이 있을 수밖에 없다는 것을*

* Morice Dobb, 『Capitalism: Yesterday and Today』, Lawrence & Wishart, 1977

■ 참고문헌: 최규진, 「차금봉, 빈민 출신 노동자 그리고 조선공산당 책임비서」.

6. 정오의 노동자

죽을 고비를 몇 번 넘겼다고는 하지만
아직도 부족하고 허약하다 프로메테우스의 고통 편 혁명의 편에 서기에는
새로 올리는 서양 중세 건축물 같은 위용의 거대한 벽에 매달려
어느 나라의 자유 평등 박애 삼색을 닮은 로고타입을 만들고 있는 노동자들을 보면서
어릴 적 살던 동네 함석으로 지어 올린 삼애교회*가 생각났다
그 뾰족 종탑의 옆구리는 어느 날인가에는 열어 젖혀져 있곤 했다
도시 교외에서 능금과 앵두를 서리하던 유복한 프티부르주아 꼬마가 다 자라서 비정규직 노동자가 되어 바라보게 된 그 첨탑의 옆구리
더 이상 십자가에 달린 수난자의 옆구리라기보다는
부끄러운 밀애와 정사를 무시무시하게 비춰 드러내는
하늘의 광폭한 서치라이트에 닫아거는 내 마음 같았다
'그리하여 암울한 흐느낌 섞인 유혹의 소리 삼키는 것이니

아, 우리는 누구를 의지해야 한단 말인가'**

벽에 거대하고 전아한 글자를 새기는 노동자의 등에 닿는 따스한 봄 햇살을 나도 느꼈다

라디오에선 간지럽고 몽환적인 연가가 흘러나왔다

아련하고 간절한 행복의 아지랑이

순간 한 줄기 바람과 함께 고함소리가 햇살을 흩어놓으며

나의 영혼도 서늘해졌다

거 씨발 오른쪽으로 더 가라니까 씨발

나는 왼쪽으로 갈 테다

차츰차츰 그리고는 마침내 걷잡을 수 없게 왼쪽으로

떨어져 죽더라도

이 소박한 봄을 햇살을 숫기 없는 욕망을 산산조각 내버린

국가와 자본 네놈들에게 앙갚음하기 위해서라도

* 서울시 종로구 부암동에 있는 개신교회

** 라이너 마리아 릴케, 「두이노의 비가」. 손재준 선생 번역본과 한기찬 선생 번역본을 임의로 융합.

7. 국수와 북소리

국숫집 노인은
기계도 나와 함께 늙어간다고
저 면발이 끊기는 날 기계도 나도 멈추겠지
눈물짓는다
수선집 아주머니
어릴 적 엄마의 브라더미싱이 생각나서
저것이 북이냐고 묻자
북은 안에 들어 있다고
미싱 안에서 실을 자아낸다고
자상하게 아들을 깨우치듯 일러준다
일하는 사람의 아들을 먹여 기른 심장
뼈아프고 피어린 목숨의 엔진이
저 미싱 속 북이라는 이름으로
깃들어 있다는 것이다
솔직히 말하면 미싱을 보고서도
전태일 열사와 평화시장을 잠시 잊었다
그렇다 책으로만 지은 성은 허물어지기 일쑤다
그러나 원주 남부시장 골목 안 수선집
아주머니의 미싱 속에 든 실 잣는 북이

지금은, 아직은 숨죽인 북소리로 쿵쾅거린다
국수 뽑는 할아버지 말씀처럼 기계가 멈추어도
우리를 먹여 살리는 면발은 줄줄이 끊임없다

8. 공장 파랑 울타리

노동자의 살길은 노동자가 열어야 하고 자신을 가족을 죽이려는 놈들과는 간단없이 싸워야 하지만

그렇다고 해서 노동계급이 늘 공장 담을 허물고 무너뜨려야 하는 건 아니라고 생각하는 별종도 있지

가끔 나 같은 별종

단정하게 정돈된 마당이 넘겨다보이는

파랑 페인트칠을 한 공장 울타리에 희망을 갖는다

사실 정리정돈은 노동자가 가장 잘한다

그렇게 삶을 설계하고 디자인한다

삶을 헝클어놓는 건 언제나 자본과 국가였다

아이엠에프 때 돌아온 어음 몇 십만 원을 못 막아서 은행 바닥에 퍼질러 앉아 아이처럼 발을 구르며 우는 사장도 물론 보았지

그도 일기와 장부를 차근 성실하게 적어왔을 터이다

정리된 희망 채색된 꿈

그러나

지금 위기는 우리 것이 아니라 너희 것이다. 지금과 같은 자본주의는 폐절되어야 한다.*

* 독일 금속노조의 슬로건

9. 소련 체조선수 드가체프

고속도로 휴게소 만물상에서
다람쥐 쳇바퀴처럼 무한동력인 양 쉼 없이 돌고 있는 당신을 보았소
극동의 길가에 있는 당신을 알아본 나는
당신이 올림픽 챔피언이라는 걸 알고 있었고 드가체프 뛰기라는 신묘한 기술을 어릴 적에 본 적이 있소
훗날 철봉에서 당신의 도약을 보면서 콘트라티예프 파동이라는 어려운 학술 개념을 연상한 건 순전히 나의 현학 취미라오
자본주의가 반세기마다 공황을 겪는다는 이론*이라오
당신이 도약할 때마다 세계 최초의 사회주의혁명공화국 소비에트연방의 인민들과 그들의 벗들은 자본주의의 포위 속에서 위기를 훌쩍 뛰어넘곤 하는** 혁명 조국의 도약***을 보았고 열광했소
당신 멋졌소
이제 당신은 피도 눈물도 없는 금속 피부로 번쩍이며 쉼도 없이 팽팽 돌기만 하는 신세
그러나 절망 마시오
혁명의 적들은 예나 지금이나 여전하오만 머리 차겁고 가

슴 뜨거운 인민의 벗들 역시 지금 여기에서도 여전하다오

* 김수행, 『세계대공황』, 돌베개, 2011
** 김성구 편저, 『현대 자본주의와 장기불황』, 그린비, 2011
*** 스탈린, 服部麦生 옮김, 『레닌주의의 기초(レ_ニン主義の基礎)』, 民主評論社, 1945

10. 새벽 인력시장에서

작고 앙증맞은 미니 포클레인도
트럭 아저씨에게 업혀 일하러 갑니다
벌써 엄마 아빠는 새벽밥 들고 먼 데 일 나갔지요
큰일 하기엔 작고 팔다리도 여리지만
이 어려울 때 식구들 힘 보태 한 푼이라도 더 벌어야죠
먼 옛날 족쇄에 묶여 갱도를 기던
잉글랜드 어린이의 넋이 새벽빛에 섞여
아침 노동자 아저씨 아주머니 시린 등허리에 햇살로 비춥니다
저두요 장난감 아니고
작지만 당찬 포클레인이랍니다
부잣집 아이들
아니면 건설회사 회장님 아들느님
꽤 값나가는 건설 중장비 장난감 세트
한 번도 못 가져보았지만
부럽지 않아요 이미 내가 꿈이니까
자그마하고 예쁜 포클레인으로 태어났으니까

11. 배우 엄태구

젊어도 인생 많이 살았다
팔자에 없는 일본군 1, 바 종업원,
룸살롱 매니저, 렉카 기사, 이종격투 경호원, 시비 거는 남자*,
양심 있는 오일팔 계엄군 장교
마침내 낙원의 밤에
이 지옥, 예토에서
끝내 당하고 마는 이상주의자, 살기 위해 비겁한 현실주의자, 외로우니까 사랑하는 자로 죽었다
그래도 살다가 끼여 죽고 눌려 죽고 불타 죽진 않아서 다행일까, 용균이, 선호, 김군 1, 김군 2로 죽어간 젊은 넋들은 아니어서 다행일까
그건 아무도 모른다
언제 청년 1, 청년 2로 짐을 지고 아슬아슬 이륜차를 타야 할지 김군 3, 김군 4로 당하고 목숨 걸어야 할지
누구는 말한다 리카아도 같은 사람은 노동자는 자신이 필요해서 그 자리에 있는 것이다, 있을 수밖에 없다고
그러나 인간의 배치에 의해 그 모든 것이 결정된다는 점에서만 리카아도는 옳을 뿐이다. 리카아도에게는 자본

관계가 바로 자연이기 때문이다**

그러나 노동자가 죽어간 거기 너 있었는가 그때에***

나는 엄태구, 젊지만 꽤 살았다

엄태구를 본다

초등생일 때 영화배우 꿈꾸었던 나

배우 되려면 발이 멋있어야 한다 그래서 수사반장에서 시체로 나왔을 때 강렬한 인상을 주어야 한다는 둥 흰소리 하던 동네 껄렁한 아재 목소리 겹치고, 연기가 아니라 진짜 주검이 되어 사랑하는 사람들 앞에 눕고 마는 이 땅에서 나는 엄태구를 본다

* 엄태구 필모그래피, 나무위키

** 김호균 옮김, 『경제학 비판을 위하여 2-마르크스 엥겔스 전집(MEGA)』, 길, 2021, 271쪽

*** 〈통합 찬송가〉 136장

12. 희망사항

이를테면 호아킨 피닉스이고자 하는 것이다. 귀기 어린 조커 역은 물론이지만 체제에 대한 정당한 독기를 내뿜는 수상소감 멘션이고자 하는 것이다.

이를테면 어슐러 르 귄이고자 하는 것이다. 돌아가기 전 멘션에서 지상의 왕들이 모두 사라져갔듯 가부장제와 자본주의도 그럴 것이라고 강변하고자 하는 것이다.

요컨대 "당신은 자본주의가 내일 망한다, 내일 망한다고 하는데 도대체 언제 망한다는 말입니까?" 묻자 "임마, 너, 내일 살아봤어"라고 받은 트로츠키주의자 만델이고자 하는 것이다.

13. 투신자의 편지

나는 투자자였지
아름다운 그대를 꿈꾸며
예쁜 크림색 집을 그리며

내가 뛰어내린 이유는
그대를 좇아서
너무 사랑해서도 아니지

산산조각이 난 꿈 깨어서 손아귀를 펴면
온데간데없는 그대 새끼손가락이
아예 잊히면 좋겠어서지

신자였지
그대만 믿고 예배하는
천국의 꼬드김도 지옥의 협박도
무시하는 광신도

중력에게 패배해 하수도로 스미겠지
나의 피

끝이겠지 오링* 때까지 후회 없이 배팅할 걸 그랬나 봐
그치?

* '올인'을 변형한 말로 포커게임 등 도박할 때 쓴다. '몰빵'과 비슷한 말.

자본을 건너는 사랑의 헤테로토피아

오민석(문학평론가 · 단국대 교수)

I

홍대욱은 분방하고 자유롭다. 그의 시들은 절정의 샤우팅(shouting)을 하는 로커와 위악으로 가득 찬 래퍼의 목소리 사이 어딘가에 있다.

돈 맥클린(D. Mclean)이 1971년에 〈아메리칸 파이(American Pie)〉를 발표했을 때, 그것은 사라진 로큰롤 정신에 붙이는 레퀴엠이었다. "레닌이 마르크스를 읽고/ 비틀스가 공원에서 연습을 할 동안/ 우리는 어둠 속에서 장송곡을 불렀지/ 음악이 죽은 날". 맥클린에게 있어서 음악은 자유와 저항의 상징이었다. 음악은 폭력과 억압을 거부하고 자본과 싸우며 말할 수 없는 것을 말하는 것이었다. 그에게 음악의 죽음은 자유와 희망의 사라짐이었다.

홍대욱의 시에도 저항과 자유의 록 정신이 넘친다. 그는 골방의 실존주의 혹은 병적 독백을 거부한다. 그는 거리로 나와 시의 일렉트릭을 울리며 반(反)자본을 외친다.

이건 my 3rd 랩 나는 홍군이지만 래퍼가 아냐 그냥 알량한 시가 노래가 되길 열망하지 돈 don't go 명성 don' go Yeah happy 피플

기억나니 in 1997 KID란 애들 오! 난리야란 노래 라임 오 말세야 오 말세야 씨플

하루는 커피향 오렌지향으로 시작할 수도 있고 터미널 공중화장실 락스 냄새로 시작할 수도 있는 것 아니겠어 혁명가 트로츠키는 커피향보다 정치신문 잉크 냄새를 좋아했다지 start start 오늘도 자칭한국당 바랜미래당 씨발놈의 새끼들은 네 탓 남 탓

기억나니 in 1997 KID란 애들 오! 난리야란 노래 라임 오 말세야 오 말세야 씨플

노무현 그를 보내던 날 가투 나가는 심정으로 서울역까지 걸었지 쥐박이가 죽인 거야 대통령님 사랑합니다 사람들이 울며 절며 난 앳된 전경들 보며 오늘은 건들지 마라 꽃병을 안기는 수가 있다 괜히 이를 악물고

기억나니 in 1997 KID란 애들 오! 난리야란 노래 라임 오 말세야 오 말세야 씨플

똑같은 라임을 반복하니 스스로 짜증도 나지만 삶은 희다 붉다 온통 희고 붉은 노래 세상은 자본과 구라로 편집된 짝퉁 천국 지옥 맛대가리 없는 짬뽕 공화국

기억나니 in 1997 KID란 애들 오! 난리야란 노래 라임 오 말세야 오 말세야 개뿔

—「세상에 없는 랩 3 — 붉으락 푸르락」 전문

화자는 자신이 래퍼가 아니라고 말하지만, 제목에서 드러나듯이 이 시는 랩이다. 시인은 랩의 라임과 율동을 빌어 러시아의 혁명가를 소환하고 한국의 극우 정당에 욕설을 날린다. 그의 언어는 의식의 흐름을 타고 커피에서 공중화장실로, "쥐박이"에서 노무현으로 자유자재로 옮겨 다닌다. 그러나 그 모든 의식의 밑바닥엔 이 세계가 "말세"라는 인식이 깔려 있다. 그가 본 말세의 풍경은 "자본과 구라로 편집된 짝퉁 천국 지옥 맛대가리 없는 짬뽕 공화국"이다. 이 작품을 읽으면 헐렁한 바지에 캡을 삐딱하게 쓰고 손가락을 내밀며 "짝퉁 천국"을 야유하는 래퍼의 경쾌한 몸짓이 연상된다.

랩의 힘이 슬픔 속에서도 슬픔에 침몰하지 않는 것이라면, 그의 시 역시 지옥의 "짬뽕 공화국" 안에서 자본의 "구라"에 유린되지 않는 사캐즘(sarcasm)을 보여준다. 이 삐딱함과 야유야말로 그의 시를 쉽게 하는 힘이다. 물론 비난과 조롱만으로 세계를 바꿀 수는 없다. 그러나 악의 거대한 벽 앞에서 질질 짜는 것, 그 유약한 미학 역시 문학의 중심은 아니다.

문학은 극복 불가능한 것, 이길 수 없는 것조차도 깔아뭉개는 '부정의 미학'이다. 그것은 문학이 물리적 힘보다 선한 힘의 궁극적, 압도적 우위를 절대적으로 신뢰하기 때문이다. 문학은 골리앗의 허위를 꿰뚫는 다윗의 돌팔매이다. 승리는 궁극을 향하며 나쁜 현세를 지속적으로 부정하는 시간과 주체에게 주어진다. 누가 더 센지는 긴 역사가 아주 느리게 보여준다. 마르크스와 엥겔스의 말대로 모든 견고한 것들은 대기 중에 산산이 녹아내릴 것이다.

쓰리고 아린 입술과 마음을 달래려 비를 피해 뛰어들어간
이탈리아식 밥집
에서 먹었던 까르보나라는
무슨 양주라고 폼 잡고 입술 축였지만 진토닉이
실은 철의 여인인지 구사대 깡패인지 하는 마거릿 쌔처가
권력의 대를 이어 짓눌렀던 영국 탄광노동자들의 피눈물 배인
한잔집 술인 것처럼
이름에 '카본'이라는 어근이 들어 있듯
역시 유럽 탄광노동자들이 갓 삶은 면을 우유 달걀 소스로 코팅해 먹던
프롤레타리아의 끼니였지
결국 언더락 잔 대용의 칠성사이다 컵으로 죽을 만큼 퍼마신 참이슬 레드 라벨 클래식과 천국의 마약 김밥과 함께 하수도로 흘러내려 간 그때 그 사랑의 시간
—「까르보나라」 부분

세계는 무수히 이질적인 것들의 총계이다. 주체는 선택과 배제를 통해 자신에게 필요한 것을 읽어낸다. 진토닉과 까르보나라에서 누구는 이국풍의 낭만을 읽어낼 것이고, 누구는 지겨운 '신토불이' 전통문화로부터의 해방을 읽어낼 것이다.

홍대욱은 진토닉에서 영국 탄광 노동자들의 피눈물을 읽어내고, 까르보나라에서 "프롤레타리아의 끼니"를 읽어낸다. 그는 음식 속에서 계급을 읽어내고, 불평등한 계급 구조를 생산하는 체제를 읽어낸다. 그의 시선은 일목요연하게 자본과 자본의 흐름과 자본의 지배를 쫓는다.

II

마르크스는 「임금 노동과 자본」에서 '명목 임금'과 '실질 임금'의 개념을 개진한다. 중요한 것은 명목 임금이 아니라 실질 임금이다. 명목 임금이 올라 봐야 생필품의 가격이 덩달아 상승하면 도로아미타불이다. 또한 명목 임금의 상승 속도는 자본가들이 '축적된 자본' 덕에 부유해지는 속도를 도저히 따라잡지 못하므로 노동자들은 (자본가들과 비교할 때) 상대적인 가난에서 벗어날 수 없다. 마르크스의 말대로 이웃에 대궐 같은 집이 들어서면 모든 작은 집은 그 자체 가난 외에 아무것도 아닌 것이 된다.

가난과 부는 이렇게 사회적인 것이고 상대적인 것이다. 불평등이 가난을 지속적인 것으로 만든다.

빛살처럼 사방으로 퍼져나갔던 사람들 숨을 깔딱이는 임종 직전의 방범등 앞에서 작업복을 털며 돌아오는 길
산을 헤매던 삶이 집고양이가 되어 사람의 아기처럼 울어대는 신비한 저녁
밥물 가늠하는 손가락마다 앗긴 것들만 꼽히는 날이면 괜히 앙칼졌던 어머니도 이제 더 이상 밥 먹으라고 부르지 않는다
개구쟁이들은 어른이 되었고 노동자가 되었다
큰길 네온사인 십자가로부터 검은 성경을 겨드랑이에 끼고 걸어온 등 굽은 노인이 반지하 방으로 사라진다
키를 넘는 버거운 인생이 일각수 뿔처럼 솟은 그림자들 귀갓길을 거슬러 붉은 등을 향해 나서는 여자 싸구려 향수의 미풍
과자 봉지를 든 반가운 아버지에게 달려 나가다 깨진 가난한 무르팍들 멸종한 야경꾼들의 망령을 불러내 예배하는 골목은 운명보다 슬프다
—「聖골목」 부분

이 시집엔 「聖~~」 연작시가 모두 세 편이 등장한다. 이 작품은 그중의 하나이다. “聖”이라는 접두사는 본디 성스러우나 현세에서 가장 속된 취급을 받는 대상들을 끌어모

은다. 마치 하늘의 아들이 지상의 십자가에 못 박힌 것처럼 "聖골목"엔 홀대당한 그러나 원래 고귀한 것들이 모인다. 이 시에서 골목은 불평등의 바닥에 내팽개쳐진 것들이 저녁이 되면 돌아오는 자리이고, 그리하여 "운명보다 슬픈 것들의 게토(ghetto)이다. 그곳엔 노동자들이 작업복을 털며 돌아오고, 미래가 없는 노인이 성경을 겨드랑이에 끼고 반지하 방으로 사라지며, 여자의 싸구려 화장품 냄새가 미풍으로 흔들린다. 귀가하는 아버지를 마중 나가는 아이의 "깨진 가난한 무르팍들"도 이 골목의 주인공이다.

모든 인간은 그 자체 저 높은 곳에 있는 존재의 자식이라는 점에서 '聖가족'이다. 그러나 지상에서 '가난한' 인간들은 가장 속된 대접을 받는다. 가난한 자들이야말로 억압과 차별과 폭력의 희생자들이다. 시인은 그들의 슬픈 게토에 접두사 "聖"을 붙임으로써 그들의 고귀한 존재성을 복기하고, 정반대의 대접을 받는 현실을 혹독하게 부정한다. 이 시엔 성/속의 두 궤도가 엇지르며 내는 파열음으로 가득하다. 누가 고귀하고 성스러운 '우리'를 차별과 불평등의 십자가에 매다는가.

겉으로만 본다면 병사는 풍경을 틀림없이 사랑했다 한 손으로는 총을 허리춤에 받쳐 들고 앞을 주시하면서 영하의 날씨에 차마 꺼내놓지는 못한 채 한 손을 팬티 속으로 넣어 자지를 만지작거린다 음화 한 장 없는 이 수음이 풍경을 사랑하는 게 아니라면 무엇일까 춥지 않은 시절엔 아예 풍경에다 사정한다 순찰 도는 말형 같은 장교가 초소에 배인 유난한 밤꽃 냄새에 싱긋 웃으며 나무란다 작작 좀 쳐라 새꺄 비번일 때 화장실에서 느긋하게 하면 되지 여기 분위기가 그렇게 좋은 거야?

밤엔 칠흑 같아서 그렇지 DMZ의 풍경은 얼마나 아름다운가요 그래요 풍경을 사랑해요 수통 속이나 식스틴 손잡이 밑에 파인 홈에 불씨를 감추고 피우는 담배는 그 아름다움에 대한 두려움이자 절망이죠

풍경을 사랑한 그 병사 지뢰 제거 작업 나갔다가 폭사했단다 땅은 씨 뿌리고 구근 캐다 결국 사람도 돌아가는 자리인데 폭탄 심고 폭탄 캐내다 묻히다니 좀 슬프지 않니

—「풍경을 사랑한 병사」 부분

홍대욱 시의 저변이 넓은 것은 그가 사회•정치적인 것의 심급에 성적인 것(the sexual)의 심급을 중첩하기 때문이다. 사회적이고 정치적인 것이 인간 존재의 보편적 조건이라면, 성적인 것 역시 인간 존재의 보편적 기반이다.

위 시의 "병사"는 '전쟁'의 잠재성을 늘 안고 사는 사회가 낳은 피치 못할 부산물이다. 전 세계의 거의 유일한 분단국가에서 병사의 삶은 인민의 보편적 경험의 일부를 이

룬다. "DMZ"는 휴전 상태이자 전쟁의 잠재성이 극대화된 공간이다. "칠흑 같아서 그렇지 DMZ의 풍경은 얼마나 아름다운가요"라는 문장은 그 잠재적 비극에 대한 역설적 야유이다.

강제 징집된 병사가 이 어이없이 아름다운 "풍경을 틀림없이 사랑"해서 영하의 날씨에 한 손엔 총을 잡고 다른 손으로 자위행위를 하는 풍경은 정말이지 얼마나 속되게 아름다운가. 그의 자위행위는 자기 의지와 무관하게 강제 투입된 예비-전쟁의 공간에 대한 멸시와 경멸의 절절한 표현이다. 그런 병사가 "지뢰 작업 나갔다가 폭사"하는 현실은 또한 얼마나 어이없고 덧없는 풍경인가. "폭탄 심고 폭탄 캐내다 묻히다니 좀 슬프지 않니"라는 마지막 문장은 어리석은 체제에 대하며 짐짓 남의 일처럼 비아냥거리는 것 같지만, 금방이라도 이어서 쏟아질 것 같은 욕설을 이미 내장하고 있다. 홍대욱에게 시는 총알 대신 기호를 장전한 무기이다.

한 번 먹기용 국 포장을 뜯으며
나 그리고 당신의 인생도 생각해요
식고 때로는 얼어 있기도 해요
눈곱만큼도 속마음은 다치기 싫다는 듯
지랄같이 칭칭 동여매진 테이프와 덕지덕지 치장한 중뿔난 스티

커를 뜯어내고 욕 한 마디 머금으며
먹기 위해 살기 위해
바다나 땅 아니고 공장서 태어난
쇠고기미역국 한 마리를 잡는 거예요
사람은 탓해 무엇하겠어요
손으로 지어 따끈하게 담아내는 국이란 전태일의 소신공양
그리고 적어도 1980년 이후에는 없답니다
우리의 한 끼는 위대하고 느껍지만
때로는 꽁꽁 묶였거나 차거워요
—「일용할 양식」 부분

사회 • 정치적인 것, 그리고 성적인 것이 인간의 보편적 존재 조건이라면, '먹는 것' 역시 마찬가지이다. 생존하기 위해 먹는 음식을 홍대욱은 군이 기독교의 '주기도문'에서 빌려와 "일용할 양식"이라 부른다. 앞서 인용한 시에서 "골목" 앞에 접두사 "聖"을 붙인 것과 유사한 맥락이다.

'일용할 양식'이란, 생계를 위한 분투와 절망과 희망과 치욕이 짬뽕으로 섞여 있는, 얼마나 무겁고 힘겨운 기표인가. 그것을 위하여 인간들은 전 생애를 건다. 이 시의 화자가 먹는 주요 일용식은 일회용 음식이다. 그는 "손으로 지어 따끈하게 담아내는 국"을 먹을 시간도 경제력도 없다. 그는 먹고사느라 너무 바쁘고, 그 바쁨이 그에게 여유

있는 식탁을 제공해주지도 않는다. 그에겐 따끈한 밥은커녕 "먹기 위해 살기 위해" 공장에서 생산된 냉장 혹은 냉동식품만이 유일한 먹거리로 남아 있다. 그 "손으로 지어 따끈하게 담아내는 국"은, 말하자면 "전태일의 소신공양"인데, "1980년 이후에" 그것은 없다.

이 시의 각주에 따르면, 시인은 이 대목을 그룹 이글스의 〈호텔 캘리포니아〉 가사에 나오는, 기괴 미스터리 호텔에서 와인을 찾자 얼굴 없는 호텔리어가 "1969년 이래 그런 건 없답니다"라고 말하는 대목에서 얻어왔다고 밝히는데, 이것이 베트남전쟁과 미국 자본주의의 우화인지는 분명하지 않다고 말한다. 어찌되었든 한국인들에게 화인처럼 각인되어 있는 "1980년" 이후에 그런 따뜻한 밥상은 없다. 사람들은 "먹기 위해 살기 위해" 바빠졌으나, 근면함만큼의 부를 축적하지 못한다. 따끈한 밥상의 자리를 일회용 냉장, 냉동식품이 차지하였고, 밥다운 밥은 이제면 신화가 되었다.

III

자, 이제 이 끔찍한 디스토피아에서 어떻게 살 것인가. 이 악몽의 현재를 어떻게 견딜 것인가. "자본과 구라로 편집된 짝퉁 천국"(「세상에 없는 랩 3 — 붉으락 푸르락」)에 대한 야유와 욕설의 정당성은 어디에서 어떻게 보위되는가?

이 시집에서 그것을 찾는 방법은 의외로 간단하다. 1부에서 3부에 이르기까지 "짝퉁 천국"의 슬픈 풍경들이 지나가는 동안 주마등처럼 반복되는 단어를 만날 수 있다. 그것은 바로 "사랑"이다.

그러니까 파장의 시절 철시한 골목에서 쓸쓸한 사람을 만나거든 괜히 외롭다 하지 말고 그까짓 사랑이라 하지 말고 당신을 에누리해 모두 주세요 단지 마음의 치부책에 적어놓은 이름뿐이라면 옛사랑은 모두 버려요 당신 같은 그이를 위해 촉수와 혈관과 신경의 모든 터널들과 영혼의 모든 관管을 열어주세요

우리 몸을 샅샅이 해부한들 찾아볼 수 없고 임종의 시간이 되어서야 심장마다 흰 연기를 피워 올리며 단지 하늘로 빨려 올라갈 어눌한 연가를 왜 진작 해방하지 않았는지 후회하기 전에 어서 빨리 사랑한다고

—「시장에서」 부분

이 시의 물리적 배경은 "시장"이다. 시장이 자본의 현실이라면 사랑이 만들어내는 공간은 그에 맞서는 '헤테로토피아(heterotopia)'[미셸 푸코(Michel Foucault)]이다. 사랑은 시장 지배의 현실에 '문제 제기'를 하고 그것들을 뒤집는 공간을 만든다. 그것은 일종의 "현실화된 유토

피아"이지만, 현실의 모든 공간 바깥에 있으므로 잘 보이지 않는다. 그래서 푸코는 헤테로토피아를 "반(反)-공간(contra-space)"이라 부르기도 한다.

홍대욱이 "말세"의 현실에 저항하거나 그것을 견딜 수 있는 것은 사랑의 헤테로토피아가 있기 때문이다. 그것은 시인에게 문제 제기의 정당성을 부여하고, 싸울 수 있는 힘을 제공하며, 버틸 수 있는 지구력을 제공한다. 그러므로 "그까짓 사랑이라 하지 말고 당신을 에누리해 모두 주"라는 것은 시인에겐 일종의 정언명령이다. "후회하기 전에 사랑한다고" 말하며 사랑의 헤테로토피아를 현실화하는 것, "자본과 구라"의 문법을 해체하고, 사랑의 관계와 제도를 만드는 것이야말로 시인의 일이고 시의 과업이다.

나무는 모든 것의 정면에 있지만 우리에겐 절대 스스로 돌아볼 수 없는 등이 있다 그래서 사랑은 뒤에서 안아주는 것

나는 나를 사랑할 수 없다 나무는 등 돌리면 못 견디는 우리와는 다른 고독의 맹수

이제 알았네 식물이 우리처럼 징그러운 성기를 갖지 않은 이유와 우리 몸이 버섯과 장미 같은 자연의 은유에 복종하는 이유

내가 나무라면 내 가슴도 그 누구도 끌어안지 못하는 운명의 뼈를 바드득바드득 부러뜨렸을 것이다

— 「어깨까지 드리운 머리칼의 소곡」 부분

사랑의 헤테로토피아는 우리가 "절대 스스로 돌아볼 수 없는 등" 같은 것이다. 그곳은 보이지 않지만 "정면"의 현실에 이의를 제기할 수 있는 공간이다. 나는 나의 뒤를 보지 못하므로 "나를 사랑할 수 없다". 사랑은 그래서 "뒤에서 안아주는 것"이다. 사랑은 이렇게 타자를, 타자의 등을 향해 있다.

시인에게 있어서 시는 바로 이 현실의 바깥, 가짜 천국의 뒤를 보는 것이다. 그것을 끌어안지 못하는 "운명의 뼈"가 있다면 시인은 그것을 "바드득바드득 부러뜨렸을 것"이라고 고백한다. 그러므로 시는 지금 이곳의 현실도, 사라진 유토피아도 아닌, 현실 바깥 혹은 현실 뒤의 다른 현실을 끌어안는다.

산안개 내리는 피아골 주홍 감빛 교회당
적도 나도
심장 가까운 호주머니에 하나씩은 간직했다 꺼내보던
인간의 꿈 사랑의 연분홍
모조리 무너져 내린 자리
오미자 우러나듯 벌개진 섬진강 물 흘러가
주홍으로 바랜 피
구례 가스나그 먹빛 눈동자에

섞이는 피아골 주홍 교회당
—「피아골 주홍 교회당」 전문

긴 산문시가 대세를 이루는 이 시집에서 이 작품은 특별히 압축미가 넘치는 짧은 서정시이다. "피아골", "적도나도", "주홍으로 바랜 피" 등의 기표들은 단번에 빨치산의 격전지를 떠올리게 한다. 좌우를 가릴 것 없이 "호주머니에 하나씩은 간직"했던, "인간의 꿈 사랑의 연분홍"은 그러나 "모조리 무너져" 내렸다. 그들이 각기 가졌던 사랑의 바깥이 달랐기 때문이다. 푸코의 말대로 헤테로피아의 작동 방식은 다양하다. 그것은 동시대에도 서로 다른 '바깥'을 가지며, 역사의 흐름에 따라 변하기도 한다.

기차처럼 해변으로 간 사랑
따끈한 우유 삶은 달걀 하나 건네지 않았던
차가운 열차 표면에 손 한 번 짚지 않았던
나를 용서하러 왔나요
사랑
너로 들어가는 험한 길
나로 돌아오는 험한 길
—「바다나무」 부분

사랑의 헤테로토피아는 악몽의 현세에 대한 유일한 대안이지만, 그것은 "험한 길"이다. 그래도 사랑은 바깥에서 "너"의 안으로 들어가고, "나"의 안으로 끊임없이 돌아온다. 이 시집의 시들은 그런 도정의 아프고, 더럽고, 빛나는 사랑의 파편들이다. 끝

달아실시선 57

세상에 없는 노래를 위한 가사집

1판 1쇄 발행　2022년 8월 30일
1판 2쇄 발행　2022년 11월 25일

지은이　홍대욱
발행인　윤미소
발행처　(주)달아실출판사

책임편집　박제영
디자인　전형근
법률자문　김용진

주소　강원도 춘천시 춘천로 257, 2층
전화　033-241-7661
팩스　033-241-7662
이메일　dalasilmoongo@naver.com
출판등록　2016년 12월 30일 제494호

ISBN: 979-11-91668-50-6 (03810)